這一本小書是用血換來的，

是和淚寫成的。

我能夠活着把它寫出來，

是我畢生的最大幸福，

是我留給後代的最佳礼品。

願它帶着我的祝福

走向人間吧。

錄國學大師季羨林《牛棚杂忆》

扉頁詩的上半闋，二〇〇九年歲次己丑五十二月平如書

梦 噩 的 我

……

然而跟噩梦做斗争我只有失败的经验。不说做梦。

单！听到某些声音，我今天还不会打哆嗦，有一个长时

期，大约四五年吧，为了批斗我先后成立了各种专案组，

『批巴组』成员常『调来换去』其中一段时间里

那三四个专案人员使我一见面就感觉到生理上的厌恶。我向

萧珊诉过苦。他们在我面前故意做出『兽』的表情，我总觉

得他们有一天会把我吞掉。我果然梦见他们长出一身毛，张

开大嘴吃人。……而且越来越山相毕露。我在梦中受罪醒

来也很感痛苦。……有时为了活命我很想去求他们开

恩不要扭歪脸不要像虎狼那样嚎叫。……他们好像猛

虎恶狼扑在我的身上用锋利的牙齿啃我的头颅。不是钢

铁铸成的头颅怎么经得起这样地啃来啃去？……

人为什么变为兽？人怎样变为兽？我探索我还不曾搞清楚。

录大文豪巴金『随想录』书中第三一六页

二〇〇九年｜岁次己丑十二月平如书

這是一个"万里长梦"。梦境历历如真,醒来还如在梦中。但梦毕竟是梦,彻头彻尾完全是梦。

录文学家杨绛"我们仨"书中警言句

二〇一九年岁次己亥十二月平如書

小阅读 · 野

广西师范大学出版社

· 桂林 ·

毛美棠 等 —— 著

饶平如 —— 编

美棠來信

我们一家人

前言

后来他们怎么了

1925 年，毛美棠出生在江西抚州南城县。美棠的祖父白手起家，创起一家中药店"毛福春中药店"。父亲接手家业，又开出许多分店，生意多在福建与汉口，美棠小时候在汉口租界长大。

美棠有个因病致哑的姐姐，家中自然把这个小姑娘当掌上明珠。她上了汉口一家教会学校辅仁小学，上下学有丫鬟跟随护卫。美棠聪明又好胜，每次全班考试能拿第二名，只有一个刻苦的女同学总是考赢她。

美棠从小和姐姐攀比压岁钱，10 岁就能帮父亲的账房先生写邮包，在辅仁小学的彩色地砖路上练习淑女的走路身段，去顶要好的女同学宝珍家的舞厅跳舞……这是 20 岁之前的美棠。这些年少往事都是美棠后来告诉饶平如的。再后来，饶平如在他 90 岁的时候，把这些都写进了《平如美棠：我俩的故事》里。

1946 年抗战胜利，军官饶平如跟随父亲去临川，向美棠家提亲。平如一眼望见一位面容姣好、年约二十的小姐在窗前借天光揽镜自照，左手拿了支口红在专心涂抹——她没看到他，他心知就是她。

1948 年农历八月，美棠嫁给了平如，两人在江西大旅社举行了盛大的婚礼，观礼的宾客 200 余人，证婚人请的是时任江西省省主席。两人在江西大旅社门口拍的结婚照至今悬挂在平如家的客厅。

成婚后平如离开军队，这两年，两人辗转徐州、南昌、临川、贵州，尝试做点小生意。新婚燕尔的小夫妻，虽是谋生找工作，跟逃难的队伍一起坐火车，竟觉得一路风光旖旎，仿佛拖长了的蜜月旅行。一路防偷防盗的慌乱旅程，过后已成为弥足珍贵的回忆。

1950 年 12 月，饶平如先去上海，在十三舅创办的大德医院当会计。后来他在新永安路 18 号花七两金子订下两间房，自此，饶家在这个屋檐下度过了半个多世纪的岁月。

1950 年至 1956 年，这对恩爱夫妻生下五个子女：希曾（1950 年）、申曾（国宾，1952 年）、乐曾（乐乐，1953 年）、顺曾（毛头，1954 年）、韵鸿（小红，1956 年）。这应该是这个家庭最美满祥和的几年。美棠常去参加大德医院的工会舞会，两人一起去看电影，一一对付孩子们的调皮。饶平如给孩子们做了一本大画册，封面题"大家画"，孩子们在画册上画下了自己的理想。

然而，1958 年，灭顶之灾降临在这个家庭头上。饶平如赴安徽劳教，自此以后，至 1979 年平反回家，这个家庭经历了 20 多年的分离。

在这分离的 20 多年，饶平如每年春节回家探亲一次。其余的时间，只能靠书信来往互通消息。如今，这些书信大多已经散失，平如写给美棠的没有保存下来，保存较为完整的，是 1973 年至 1979 年间美棠和孩子们写给平如的家书。

美棠少女时代过的是时髦女学生的生活，在汉口租界，上公园、逛商店、进餐馆、看电影，没有为生计发过愁。

1951 年定居上海后，平如当会计又当编辑，收入够养活一家。两人又都爱好文艺，闲暇时跳跳舞，看看电影，平如嘲笑美棠抗战期间避居乡下，将田里的秧苗误以为韭菜，美棠揶揄平如去菜市场分不清卷心菜和黄芽菜。

平如被送去安徽劳教，最大的孩子才 9 岁，最小的不到 2 岁，家中还有年老多病的岳母。美棠这一年才 33 岁，一个人带着五个孩子和老母亲留在上海。

家里全靠美棠一个人。她从 1960 年开始，去黄浦区的里弄生产组工作，好歹有了一份收入。上海的里弄生产组始办于 1958 年，那时上海要建成国内最大的工业城市，但大工业的生产，还需要众多配套性的生产和辅助性劳动，政府于是就倡导家庭妇女出来参加生产。搬水泥、装订晒图纸、扫浴室、搬煤球、在旅馆做援工，她全干过。曾经倚窗抹口红的娇憨少女变成了要操心一家人吃饭的中年妇人。一个月 16 元收入，要养七口人，那些年美棠渐渐卖光了她的嫁妆。

生产组多有不识字的，美棠念过书，经常帮组里阿姨写材料、写信。一有空就给平如写信。

据三儿子乐曾回忆说，小时候，觉得没有人比他们家更穷了，以至于后来当知青插队，都不觉得日子难过。日脚长，日脚短，这十年最困难的日子也就这么熬过去了。1968 年，大儿子希曾总算工作了，分配到上海无线电厂。二儿子申曾和三儿子乐曾可没那么幸运。他们遇上了"上山下乡"，好不容易跟分配的干部求情，让两人搭伴去了江西。从此家书成了三地书。一家人分散在上海、安徽、江西。

上海还有生病的母亲，还在读卫校的四儿子顺曾，马上面临分配的小女儿韵鸿。1973 年到 1979 年，美棠也有操不完的心。

希曾性格内向，不爱说话，但眼看年纪大了，该成家立业了，介绍的女孩，他却总冷冷清清。

申曾在江西交上女朋友了，被宜春师范要去了，自此怕是要留在江西，回不来上海了。

乐曾也在江西有喜欢的女孩，但那边没有合适的工作，还得回来找工作。

顺曾的学校要把他分配去郊区，单位差，毕业了在家待业三年，等着重新分配。

韵鸿倒是最省心，分配进了集体企业，离家也近。

"四人帮"倒台了，平如有平反的希望了，要去找谁，让他能回上海来？

房管所来催房租，欠了一千多块，决计还不上了，只能赔笑脸，说好话，慢慢还。

平如单身在外，身体不好要生病，棉被棉衣都要添置了。妈妈老了，天冷不想动。美棠常头晕，肾一直不好，要办提前退休了。

年少谈恋爱时，平如和美棠都衣食无忧，怎知如今要面临这样的分离。那时美棠对平如讲，只愿两人在乡间找一处僻静地方，布衣蔬食以为乐。这些年来他们没有过上田园牧歌式的生活，却跌进了一睁开眼就一百件忧心事的哀乐中年。

日子总要过下去。平如这个人在人情世故上拎不清，20 年前就为了交代的几句话，引出那么大的事。这次从安徽回上海的事，本可要求复查平反，他不愿再等三年，要立刻办退职，误会美棠不想让他回来，让美棠在孩子面前发了脾气，说从此不给他写信了，回不回来也随他便。

没过几天，美棠又给平如写信说：你不回来之前我倒没什么，一知你可回来了，又决定回来了，又恨不得你马上就到。我想你也是一样。

的确，人只好聚不愿散。分散时的愁肠千回，徘徊踯躅，虽也刻骨铭心，总不及相聚时的圆满无缺。平如留下的文字中，并没有描述他们当年重逢的场景，也许是太高兴了，一切都满足，无须再付诸笔端，又或许那是语言无法描述的百感交集。身前身后，时间之河永不停息，相爱之人的团圆，终成足以抵御黑暗的微光。

《美棠来信：我们一家人》的成书在饶平如先生去世以后。他生前细细整理了毕生书信、绘画、相片，整整四十多个相册，按序号收纳于家中顶天立地的一排书柜中。我们在其中找到了五册通信集，分别命名为：

美棠通信录（一）1973.5 至 1975.5

我俩的故事第九集 B（实际内容为美棠通信录（二））

美棠通信录（三）1977.1 至 1978.11

美棠通信录（四）1978.11 至 1979.1

与孩子们通信

这五册通信录，是本书的素材来源。平如先生把美棠和儿女写给他的信，按照日期排序，进行编码，我们看到数字最大的编码为"000355"，也就是说，他一共整理了355 封以上的信件。

本书选取了这些书信的一部分，以展现饶家在 1973 年至 1979 年间的家庭大事。希曾相亲，国宾和乐乐返城，毛头和小红分配，平如平反。1970 年代与无数个城市家庭息息相关的大事，都可在这家人的通信中找到线索。

感谢饶家后人在成书过程中给我们的支持。感谢实习生李潇雯对文档的细致整理和录入。手写字迹风格各异，感谢在线帮助我们辨认字迹的人。感谢一起完成本书的设计师和相关同事。《平如美棠：我俩的故事》《平生记》《美棠来信：我们一家人》三本书的出版，起源于饶平如先生对美棠的怀念，这美好的感情激起涟漪，完成了对饶家三代人生故事的记录。饶平如先生在自己的自传《平生记》

中说：如今我独行在这张大口之外，赶在未来之前，想要把这些还存留在我记忆中的往事，奋力摹写下来，以作为对他们所有人的纪念。这三本书的出版，想必可以告慰逝者之灵。

"在野"主编　安素

2023 年 10 月 17 日

 目 录

美 棠 来 信

1973

我 们 一 家 人

一九七三年的通信

爸爸：

您好！

久未给您写信了。前天接到您的信，今天就写信了。小红最近几天生病了，常常咳嗽，经医生诊断可能是轻度气管炎，这几天她没去上班。大概不要紧。毛头很用功，成绩也很好，学的东西很多，我稍微看一下头也涨了，脑子迟钝了。我知道我在数理化方面一窍不通，没有天才。有人劝我学木工，认为我在这方面有前途，并且比较实惠。我不然，觉得毕竟太普通。如果把这个当爱好，更不可思议。我曾爱过音乐，它是很迷人的，能使人忘却愁闷和烦恼，但是当音色消失之后，伴随而来的依旧是烦恼、惆怅。唯有画画、书法，我发现唯有这两样使我感到有乐趣，并且它们是不灭的，可以终身爱好它们，它们高雅无俗。我特别爱看徐悲鸿先生的画，它给人潇洒清醒的感觉，我有事没事常到上海诗画社，里面有很多名书法家、画家的作品，在家里天天习字、练画，持之以恒，总有长进的。

您近来身体很好吧，一定要多多保重，我们都很好，勿念。您7月份能到上海吗，能来就好。甚念。家里虽无甚家具，但房子里很清洁，墙刚粉过，板墙油漆过，写字台也重新搞过。昨天市卫生检查团检查卫生，对我们家的卫生和整洁大加赞赏。我想着毕竟是房子罢了，房子的主人岂不是更朝气蓬勃？！就写到这里。

祝您愉快。

儿乐曾

28 日晨

平如：

昨天收到 22 日来信，寄来足套和袜子都收到了。

小红已学工了，近来一个星期未上班了，因生病，先是感冒，后转气管炎，现吃药打链霉素，用了几元钱，今天好些，明天准备上班了。

乐乐腰疼时发时好，狗皮膏药也贴过，云南白药也吃过，天阴就酸疼，当时未及时治疗，现在是老伤了。

国宾未来信。江西慰问团来上海，我去开过会，许多家长提了不少意见，说江西抽工矿开后门，一双胶鞋打不倒，要手表才行，等等。

希曾今天休息，和乐乐都看电影了。《杂技》很好看，你们那儿放映也可去看看，上海票子买不到，希曾单位摸彩摸到的。还有《二十七届联大》听说也很好看 *。

有人来带花生米，能多带点吗？国宾带来的黄豆都吃光了，

* 《杂技》为 1973 年上映的彩色舞台纪录片，中央新闻纪录电影制片厂摄制，北京杂技团演出。《二十七届联大》为 1973 年上映的彩色新闻纪录片，中央新闻纪录电影制片厂摄制，讲述了 1972 年中国恢复在联合国大会权利的故事。

你们那里看见大点的黄豆也买好放在那儿，你回沪时自己带来，最好是向乡下人买，东西好。我今寄粮票十斤，以后要再寄来。你准备几时回上海，我看回来过中秋吧！乐乐也要过了热天才走。江西双抢*很吃力，让他休养一个时期。好几年没在上海过热天了，他每天在家练墨笔字和画。

6月5日端午节了，我们每人配给一斤半糯米，每户半斤赤豆，国宾带来的糯米还有八斤，准备全部包粽子。我们去年没包过，今年乐乐在家过节，也是难得的。孩子走出去了，在家过节日的机会是不大有了，所以我准备包肉粽子。他们不欢喜吃甜的，只有毛头会吃点，我们都爱吃肉粽。1日就准备包，毛头星期六回来，是2日，过节那天他不在家，就提前过了，无所谓。你们那里食堂节日也有粽子卖吗？十几年来你都没在家过节了，在外面的人回家过节的机会是不容易。

我们房租一直没付过，孩子们一回来，算算要上千元了，这

---

*　1970 年代前后农村生产队在每年的七月中旬到八月上旬间要抢时间完成收割早稻和栽完晚稻秧苗这两样农活，简称"双抢"。

笔债不知要还到何时，想想真伤脑筋。假使两个插队的是工矿，我们就不至于这样了，不知要插到什么时候？怪不得有些经济条件好的人也都叫插队有困难，他们是每年回来，还要寄钱，寄吃的寄穿的，我们还没带什么吃的，他们穿的也是破旧衣服。国宾三年回来一次，家里也背不少债，农村还是艰苦的，照每天出工计算，一个月也不过十余元。上次国宾来信讲农村近来每天下雨，算算时日较少，今年气候又不大正常，厂里报告今年上海要热到40度，38度要有一个多月。国外像印度、非洲国家都是旱灾，饿死不少人。希望我们国家收成好点，否则农民更艰苦。工人领工资，好得多了。

　　毛头回来讲他考试过了，成绩不错，都是90分以上，他写好一封信给你，走时没讲放在什么地方，我找不到。

　　上班时间到了，下次再谈！

　　祝好！

美棠

5 月 30 日早

平如：

　　来信早收到，因月底每夜加班，天又热，不愿写信，一些情况毛头信中都谈到了。

　　小红分配问题，方案尚未下来，老师已来访问过，小红也同老师讲过，最好是上海工矿，若工矿少没什么好单位，那么就读技校，老师说方案未下来现在很难讲，等方案下来再讲，这老师很好，就是老师没有决定权，只有反映情况，尽量给向上讲。这几天报纸上，上海下放许多医务人员到各地，毛头也听过报告，"卫生学校主要是为农村培养医务人员"，所以不愿再让小红去学医。前几天我们听了中央 21 号文件＊，毛主席对插

＊　1973 年，毛泽东收到了小学教员李庆霖的举报信，在信中，李庆霖表示自己上山下乡的儿子每天都要参与农业劳动，没有吃过饱饭，就连生病的时候也要参与劳动，生病也请不起医生。如果没有家里资助，孩子根本没办法生存。李庆霖还在信中反映了知识青年走后门的行为，揭露了有权势知青被调往城市，无权无势的普通知青一直留在农村劳作的不公事实。毛泽东给李庆霖写了封回信："李庆霖同志：寄上 300 元，聊补无米之炊，全国此类事甚多，容当统筹解决。"中共中央以"中发（1973）21 号文件"形式将往返信件印发至全国基层公社一级。这段时间，全国掀起了解决知青困难的热潮。

队知青很关心，要农村在生活学习方面关心他们，你们想必也
听过，我也不多谈了。

　　天热望保重，余再叙。

　　祝好！

美棠

7 月 1 日

平如:来信早收到，因月底鱼应加班，天又热不愿

写信，一些情况毛头信中希读到。

　　小红分配问题为寨画来下书，老师已来讨问过、
小红也向老师讲过，最好是上海2所，吾2所为没什么
好单位，即如就读技校、老师说为寨书下来现在很
难讲等分寨下来再讲，这老师很好，就是老师没有决
定权，只有反映情况，尽量给向上讲。这几天报纸
上上海下放许多医务人员到各地，毛头也听过郭老
"卫生学校主要应在农村培养医务人员"，所以小红
不愿再让她去学医。高兴我们嫌了中央21号文件
时毛主席对我以热烈的衷心。要农村在先现等。
方面要更关心她们。你好想出也吧好吧，我也不多影。

无挂望保重　余再叙　　预

　　　　　　　　　　　　　　　　　　　美棠　7.1日

如:

.s 000007

希曾小学毕业照　　　希曾中学时　　　　　　　　　　　　　希曾初中毕业

60年代希曾摄于外滩

希曾摄于苏州河乍浦路桥

60年代，希曾与初中同学在上海公园，左一希曾

希曾摄于黄浦江边

希曾摄于公园

希曾摄于上海外滩

希曾在上海人民公园

平如：

　　来信收到（7月3日）。你准备8月回沪，很好，孩子们听了很高兴，你说带油，用什么装呢？不好带就少带点，芝麻粉不要买，家里还有好几斤芝麻没吃呢。这种东西过年吃吃，平时吃糖太厉害，只能烧点心吃。黄豆看是大的就买二十斤，太小也不必多买。倒是买一套砂锅回来，上海买不到，家里原有的都坏了，春节没有用的了。一套大约有四只，最多3元，不过要每只看过，恐怕有裂缝或会漏，要仔细拣一拣，拣光滑点的。

　　中央21号文件听过没有？是关于插队青年问题，毛主席寄给这人300元，这人是福州一个小城镇老师，他儿子插队这地方很艰苦，每年只分到半年粮，孩子半年只好在家吃黑市粮，风里来雨里去，身无分文。有些有政治背景的子女都抽了工矿，像他这种人只好在农村滚一身泥巴，干一辈子革命，等等。他如实写信告诉了毛主席，结果主席看了此信，批示回了一信给此人。"××同志，寄上300元，聊补无米之炊，全国此类事甚多，容当统筹解决。"我们听了后讨论，说主席对知青很关心，今后农村要对他们的生活和政治学习多多关心，等等，别的也没什么。

希曾今天又病假，还是心率不正常。昨天去做心电图未查出，今天还得验血，心电图不是一次能查出，以后还要去查。我看他这病是由毕业分派引起的，那时这孩子精神紧张又气，一连搞了两个多月才落实，每天学校有通知送出，他就担心。毛头也讲这种病与精神有关系。

小红9日学工*结束，要办学习班了，可能提早分配，传说8月份，不过挨挨总要9月份才能弄好。能够争取到工厂更好，

---

* 1960年代末1970年代初，全国教育界在学校中，开展过一场"学工、学农、学军"的"三学"活动。学生除参加校内劳动，还进工厂、到农村参加劳动实践；向解放军学习，增强国防意识。"三学"成为广大学生的重要课程。通过参与工厂的生产和农村的劳动，学生亲身体验了劳动的辛苦和工农阶层的艰辛付出。1970年代初期及中期，上海各所中学所有学生在读期间，都要由学校组织到农村和工厂去学农、学工。毕业那一年要提前结束文化课学习，一学年或一个学期全部转入学工学农，然后按照"四个面向"方针分配工作。

否则就读技校，今年读书名额较多，听讲有百分之四十，近郊农场也是百分之四十，工矿插队共有百分之二十。

孩子们讲，你回来没衬衫，准备给你买一件短袖衬衫回来好穿。你欢喜白的还是淡灰的？

我们好，勿念！你自当心。

祝好！

（附粮票十五斤查收）

美棠

7月8日

爸爸：

您好！

前几天接到您的来信，知您8月上旬返沪，全家都很高兴。到时候来信，我们来接您。

我已在邮电医院实习，这所医院专是负责邮电职工及其家属，还负责一批周围地区居民急诊。我们共实习三个月，头一个星期已结束，专门做公务员工作，这星期开始学两个星期的护理工作，包扎、打针、发药等一些基本的护理工作，以后进门诊部跟医生学，到内科、外科病房等学习。

一个星期在医院的实习，收获不小，因为我们在急诊室，天热病人很多，我们看到了许多重危病人的急救，印象很深，再加上看了后翻翻书就印象更深了。我们上次又考了两门课，"生化""药物"，我"生化"得了98分，原来考卷上是100分，后来不知为什么被扣去2分。我们班这次考生化都考得不好，90分以上只有3个，一个90分，一个96分，一个就是我98分。

药物是总考，题目很多，我得了98.5分，班级最高分数是99分。这次我们基础课全部结束，临床科上了一部分，还有一部分要等我们医院实习回来再上（约再上半年理论课），再正式在大医院实习一年，然后分配，去向还是四个面向。今年纪念毛主席的"六二六指示"发表*，上海一些大医院分期分批下黑龙江、内蒙古等地区乡村做医疗，培养"赤脚医生"，我们可能也有一部分要去，但可能性还是比较小，到那时候再说吧！别的也没有什么可写了，就此搁笔。

　　祝您身体健康！

儿毛头

7 月 8 日上

---

*　1965 年 6 月 26 日，毛泽东提出要把医疗卫生工作的重点放到农村去。根据毛泽东的意见，卫生部党委提出《关于把卫生工作重点放到农村的报告》。在这一方针指导下农村出现了很多赤脚医生。赤脚医生没有固定编制，一般经乡村或基层政府批准和指派，有一定医疗知识，他们的特点是：亦农亦医，农忙时务农，农闲时行医，或是白天务农，晚上送医送药。

药柜是老专,题目记得.战绩为98.55.她们最

高分都有99号。这次我们基础课全部10门考

试在课堂上一部分,还有一部分让我们即笔亲身

四寺体上(约再七半年终结算),再飞许下即陕员

一年.她的功乱,主自己选师面向,今年临床起布

这二次打基础,以今一些大即笔分期份和下苦村

里发江.四寺季地已到伝次.正新,培养素脚逆笔

我们可样地有一部分举考.住可样化还差此报社.

部那加捉在9笔吧!希亿也少加竹比寻好了.就

此搁笔。

　　　　　顺颂．　　　　　弟书健康：

　　　　　　　　　　　　　　　儿失．7月-8晚.

科家费什基要18元，可以脱邻的。还两个月没错，到那时再讲。（7月七年）

昨天下午二毛师蹈午有空，正好又是星期五，记得上次果师母讲她女儿逢星期五休息，所以我叫朱老送去了，交给她女儿，她女儿问殷鹤良没来吗？

这几天每天下雨，又真冷了。小红下星期要考学校，为学习已忙坏了。

明天本想叫希贤过表哥去（他病了）他不肯去，因大家和他开过玩笑，所以他就不去了。妈妈说：这有什么关系，还嫌？还好，希贤说妈妈真想得出这种事。已经8胖气古怪。不易接

信或地址（二问），周他不学写信话。

全家都：祝

好！

美蓉 9·8日早

米和豆

平如 二〇一〇、五、廿七、

《米和豆》

平如：

　　来信两封都已收到，我们中秋节过得很愉快，买了一斤多肉米粉蒸肉吃，朱师母送来的月饼我们自己吃了，所以月饼也用不着买了，你来信说你吃了鸭子很好，毛头讲那里鸭子怎么这么便宜，下次叫爸爸不要买花生，买只鸭子给我们吃吃。的确很便宜，上海这么大的鸭子要4元多。不过这种东西难带，以后天冷了有人来，头一天杀好，吹一吹，第二天用尼龙袋装好带来。不过听讲，鸭子母的肥，要大点的，虽这么讲，不一定要买。上海鸭子也有卖，就是贵点，我们从来也没买过。

　　关于希曾谈朋友事，希曾面嫩，不好意思，据乐乐、毛头讲，他不会不欢喜，主要是难为情。每次谈到这件事，他虽讲："你们怎么想得出！"但面孔总是笑眯眯的。不过他们年纪都不大，有机会再谈。

　　我昨天去浦东小红学校开家长会听报告，方案还未公布，要下次再公布，不过听说：工矿集体事业多。所以我也担心，假使以后读书报名，还是叫她报一报较好。

　　你们工资能调整当然好，也可每月抽点出来还郑昭光 *，看能补一笔就更好了。毛头已经在烦春节后要正式实习了，人家都有手表，有的没有就借哥哥姐姐的，我怎么办？能有一笔钱就让他买一只，这也是他工作需要。上班时间到了，草草就此搁笔。

　　祝好！

美棠

9 月 17 日午

　　鸭子难带不要买，孩子们也不过是随便讲讲的。有麻油就买斤麻油来。

---

*　　饶平如在六安汽车配件厂的同事。原大德医院药剂师，单身汉。

爸爸：

好久没给您写信了，上回写了一封信放在家里忘了，搁了好几天没寄出，也就算了。您走之后，接连几封来信均收到，关于包裹丢失，所怀疑的几家，乐乐都到他们家去问过，都说没有拿过。依我看，人家就是拿了，搁了这么久也不好意思拿出来。

您走之后，家中一切还是照常，婆婆、妈妈、希曾、乐乐、小红身体均很好，望您也多多保重。国宾哥最近几天没有来信，恐怕他今年不返沪了。

中秋节我们都过得很愉快，妈妈信中已讲了。国宾哥那里妈妈上回寄去一只包裹，买了四只月饼等一些东西，所以今年中秋节全家过得很愉快。

今年，小红分配问题，最近几天已开始动起来了，方案还未下来，但外面的人基本上都有所了解。工矿今年约占百分之四十不到一点，包括集体事业，今年读书名额较多，所以我看小红还是读书比较理想[*]。一则小红这次分配工矿名额不算很硬的，再则读书还是比较理想的，能多学些文化知识总是不会吃亏的，不一定都朝外面跑，上海毕竟还是很需要人的。等以后有消息再来信告知。

我在医院实习已有两个多月了，现在是最后的两个星期了，结束后，我们就开始放暑假了，9月29日至10月16日。

两个多月的医院实习确实对我们帮助很大，因为原来我们对医学这门科学毕竟还是很生疏的，现在已经能在常见病治疗上有一定的基础。放假后，我们再上半年多的临床课，再实习两年

---

* 1968届、1969届中学毕业生全部"一片红""上山下乡"。1970年毕业的中学生，在因故延迟一年后迎来了分配季节。他们根据新的政策"四个面向"：面向农村、面向边疆、面向工矿、面向基层分配工作。按兄姊工作去向划"档次"决定学生"四个面向"的政策，从1971年分配开始，一直延续到1977年分配，影响了上海一百多万人的命运。

就算毕业了，我们看来派在工矿企业的机会要多一些。到那时再看吧。

　　随便写到这里，以后再给您写信。

　　祝您身体健康！

儿毛头

73 年 9 月 17 日晚

爸爸:

您好!

今收到您的来信,知您身体健康,全家都很高兴。关于小红分配之事,去向基本已定了,共划为三档*,第一档上海工矿,第二档较复杂,有上海近郊、外地工矿培训、技校、卫校,第三档就是外地农村。

小红被划在第一档,讨厌的就是今年集体所有制比较多,像小红这样的软档(因是有工有农的,要有农无工的方算硬档)肯定是集体事业了,就看单位的好差了。如果分在地段医院或

---

* 绝大多数家庭是多子女,兄弟姐妹多,新的毕业分配政策以兄姊的去向来考虑弟妹的去向。

兄姊全部在外地农村务农的,为"全农",属于"一档",是"面向"上海工矿的"硬档"条件,可分配在本市国营工厂当工人。兄姊中有在外地务农、也有在上海工作的,则要看农多于工,还是工多于农。农多于工,还是"一档",本人仍可分配在上海工矿,档次稍微"软"一点,分的单位稍差;工多于农,只能分配去农村,但可以不去外地农村插队落户"挣工分",而可以去市郊国营农场"拿工资"。如果兄姊全在上海工作,叫"有工无农",就是"三档",最低档次,必须到外地农村插队去落户。

是街道工厂，同样是集体事业，可要比浴室、菜场、大饼摊好得多了。今年还有一条规定，因为要求读书的人太多了，所以凡是上工属软档的都不能读书。今天晚上妈和小红去老师家，将情况反映了，要求读书。老师说，原则上是不能的，你这么要读书就帮你再看一看名额是否还有多。这次是因为老师对小红的印象较好，所以给她划在上工一档，究竟怎样，等有了消息即来信告知。

这次里弄里关于知青上山下乡补助的钱发了，我家是两个，共补给50元。妈除买了一条被单11元，两个枕套2.50元，还了一点债，剩20元准备把家里的那个收音机装起来，乐曾哥这几天正忙着在无线电行买零件，争取在元旦能听到。

婆婆、妈妈身体均很好，希曾哥近来身体也很好，没有心动过速、血压高的症状。勿念！

　　国宾哥近几个星期不知什么原因一直未来信，妈今又去一信去问他了。

　　我明天开始放假了，准备把医院里抄下的病史及基础知识再复习巩固一下，至 16 日返校就要开始上临床课了。

　　至于您所要的《英语 900 句》，准备给您去问问，如有，那就给您寄来。

　　再过两天就是国庆节，我们都会很好地安排，祝您节日愉快！

　　别的也没有什么写了，关于小红分配问题，有消息即来信告知，勿念！

　　祝您身体健康，节日愉快！

儿毛头

73 年 9 月 28 日晚

平如：

　　寄来信和 6 元、20 元都收到了。告诉你好消息！小红今天拿到通知了，是上海长江刻字厂，属于上海市手工业局领导，虽是集体，但是大型合作性质比全民只差一点，就是满八年之后百分之九十劳保，其余都和国营一样，满师后工资也一样，奖金每月 5 元。13 日报到，报到再分车间＊。上海刻字厂只一个，就是长江刻字厂，范围很大，车间也很多，分四个区。中区在福建中路，是新造的四楼房子，刻有机玻璃和图章，有机玻璃就是仪表上的有机面板。西区是延安西路，刻象牙工艺品，南区是刻橡皮图章，北区是刻钢筋，另外还有一个车间是新造的，

＊　当时好单位的标准，不看收入多少，不问工种差异，只看"全民"还是"集体"。"全民""集体"工资基本一样。差别主要是福利待遇，"全民"要比"集体"好，大厂要比小单位强。技术工先当学徒，每月工资 17 元多，三年满师后，每月工资 36 元，再加 5 元奖金（当时叫附加工资）；普通工每月工资 30 元 6 角，六个月后转正，每月工资也是 36 元加 5 元奖金。

需要人最多，要两百多艺徒，是金银镶嵌，在义顺桥那里。现在还不知分配在哪一个车间。不过总算很理想了。国宾来信要我寄 10 元给他，他今年可能不回上海了，所做家具要托运来上海。

我上一信想必收到，你一定也在盼望我的信吧，你看信一定很开心吧，这刻字厂属于美术工艺品公司领导，好，不多写。

祝你愉快！

美棠

12 月 10 日晚

平姐：寄来信和6元20元都收到了，告诉你一好消息！

现在正式大合营通知了。是上海长征刻字厂属于上海市手工业局领导，实是集体，但是大型合作性质比全民只差一点。就是满8年之后百分之90劳保。其余都和国营一样。病休廷之类也一样。基金每月5元。13日报到，报到再分车间。这上海刻字厂又一个就是长征刻字厂，范围很大车间也很多。分四个区，中区在福建中路是刻这个挂屏之类，有机玻璃。和图章。有机玻璃就是仪表上的有机面板。西区是延安西路刻象牙工艺品，南区是刻橡皮图章。北区是刻铜牌。另外还有一个车间是刻这个的需要人最多要两百多艺徒是金银镶嵌。在我哪吒插那里。现在还不知分配在哪一个车间。不过思想很难统一了。图案寄信要我买10元给他，他今年可能不回上海了。而叔你俩要把这事告诉他。

我上一信想收到了吧，一定也在庆贺我的信吧。你看了信一定很开心吧。这是做工厂的美术工艺品公司领导。就不多写。祝好。

临姝：　　　　　　　秉荣 12.10日晚

000020

爸爸,您好:

每天盼望通知,了今天总于来了,我得也很理想,身体事业都最好了,连细情况我收到信上都已说了,您接到信一定很高兴吧,等接到后力到什么车间再来信告知。

天气已很冷了,您的身体,身体,您给我的那双手套以没有有便人忘记他带来,我着周实在太冷神了,您不要紧最好能向别人换期有的,因我们在家都没有棉手套穿衣少有人冬,别太嫂病了,今年又没有钱故,我这月拿到工资还需要买些小必要的用品如雨鞋,套鞋等,有许多同诸物防信者到我分得好也和我事糧吃饭所以还没有找兑。

家里人都好,不必挂念。 祝您
愉快

小红 12.10 晚

爸爸：

您好！每天盼望通知，今天总算来了，分得也很理想，集体事业算最好了。详细情况妈妈信上都已说了，您接到信一定很高兴吧，等报到后分到什么车间，再来信告知。

天气已很冷了，您自己当心身体。您处如有纱手套，以后有便人就托他带来。我替国宾哥结裤子，您布票最好能向别人换明年的，因我们大家都没有棉衣，旧的棉衣年数多，都不暖和了，今年又没有钱做。我这个月拿到工资，还需要买些必要的用品，如雨伞、套鞋等，有许多同学和邻居看到我分得好，也都向我要糖吃，所以也没有钱了。

家里人都好，不必挂念。

祝您愉快。

小红

12 月 10 日晚

小红

上海

小红

小红摄于外滩

小红 70 年代摄于家中

小红 84 年摄于家中

小红单位五四青年节活动
留影（第二排左三是小红，
后排第五是男友）

平如：

　　来信早收到，因每天加夜班，再者小红 13 日报到办学习班，一直到今天才分工作，她分到刻字组，地址是福建中路（南京路口）。他们这个车间有 300 多人，有机刻组，有裁料组，有钻洞组，有喷染组，有后勤组（包括电工、木工、搬运工、机修工）。小红本来想到机刻，后来分到刻字组。老师傅讲，刻字最好，往年进来的艺徒，统统到刻字组，两个月后不行的都到机刻组和其他组，这次上面也挑拣过。

　　在学习时，他们每人都写过一张大楷和小楷给上面看过，再看看老师在学校写的评语。这样小红也很开心，准备每天回来练字，他们上班每天都要练两小时字，还要上课。本来我一直担心，因听人讲刻字工作是有阶级性的，我想小红会分到钻洞组和裁料组这种没技术的工作。总算很理想了，刻字包括刻象牙、牛角等图章。她这个厂共有 1300 多人，共四个车间，其余三个车间都很远，这次分工作，都是就近分的。

国宾有信来，今寄上给你看，这个月给他寄了钱去。家中又很紧，下月还要还 15 元债，又值春节期间，所以这几天家中菜也不敢买。希曾身体不好血压高，人比你在家还要瘦，我真担心，面色也不好。上海这几天很冷，你在外要当心，我们好，勿念！

祝你好！

美棠

12 月 21 日

圣诞夜

爸爸：

您好！

久未给您写信了，这几天上海非常冷，大约最冷的时候在零下8度左右，我们家又在朝西的方向，早晨非常冷，不过在下午就暖和了，阳光照进了屋里。您那里一定更冷了吧？您老一定要保重身体，我们都很好，勿念。

妹妹这次分配在刻字组，她很高兴，我们也替她高兴，这个工作很理想（对我来说是这样）。要刻得好很不容易，如篆书这一类字体，就很要艺术，她打算每天练几个钟头，再加上上班时练两个钟点，那也很不错了。"吉人自有天相"这句话大概有点道理吧，我们家里的人从来不与人家交恶，和气相待，希曾在厂里也是这样，所以我们家装了收音机之后，希曾的朋友也多起来了，常常有人到家里，聊聊天，说闲话，大家也走动起来了。

我现在家里，每天学习收音机知识，不但学习安装技术，我还想懂得它的原理，这样对提高自己有极大的便利。我现在遗憾在中学我们没有学过代数，因为要说明一个问题，往往验过几次运算才能解答出来，我只会加减乘除，那怎么行呢？

　　字现在我仍在写，就是进步不大，毛笔字写得少了，像我这样的人恒心很少，练不了多久，就心灰了，觉得总没有想写的。一方面没人指教，自己摸索，这样搞下去，前途不大。如果学半导体原理，那它的范围非常广，在收音机里，在工业、农业上都用得非常广泛，而且也简单。另外还有一个便利条件，就好在三毛在边上，这样进步很快。我学习大约只有两个月，基本对六管机的原理、装配已经能够操作、调试了，我想加一把劲，把代数抓起来从头学习。画画、写字仍要坚持，既然专一样不行，就搞个三两样，这样在农村用处就大些。好吧暂且写到这里，昨天是圣诞节了，在这新的一年，祝您健康长寿！

　　手冷得要命，字写得糊涂。

　　钢笔又没有，拿支铅笔就胡乱写了。

儿乐曾上

1973 年 12 月 26 日清晨

1974

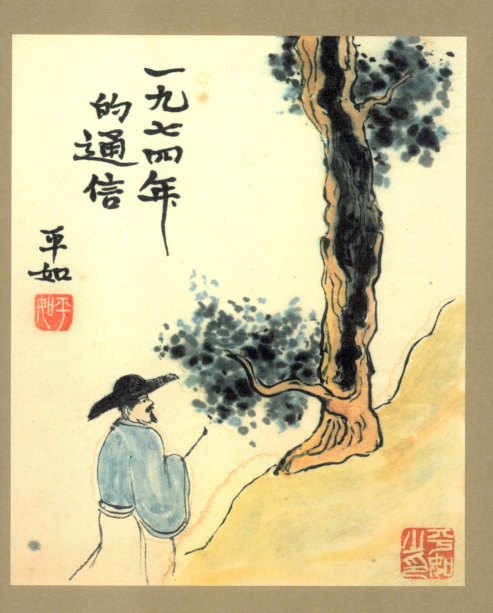

爸爸：

您好！

今天是元旦，休息在家，收到您30日的来信。国宾哥这几天未见他来信，他今年可能不返沪。

我们现在仍在上临床课，可能要上到5月份结束，再去实习，实习地点现还不知道。因现在学医的学校都办起来了，各区都办了卫校，各医院都办了培训班，这样给这么多的学生实习都带来麻烦。我们实习可能要半年在农村跟赤脚医生，半年在上海医院（现在仍未定），学校最近一直在搞运动，批判修正主义教育路线，智育第一，分数挂帅，等等。现在除了一天保证六节课外，其余基本上都在搞运动，现自修的时间就很少了。我们仍是早晨六点半起床出操，上午上课至十一点半吃午饭，下午一点半上课到三点半，其他时间就是搞运动。

我在学校和老师、同学相处关系都很好，身体也很好，就稍瘦些，但从未有什么病，我现在伙食基本上每月要超出10元

（实足在学校 26 天，所以吃也吃得很好）。学习方面，基本上都能掌握，但是这毕竟是理论上的，要在实践中看效果怎样，这才是真本事。我们现在上课的临床疾病毕竟是典型的病例，在临床上真正见到的疾病就不是那么回事了，因它不光是一种疾病引起的，可能有各种疾病集中在一个人身上，所以还要在实践中下功夫。

小红这几天总是在家练字、婆婆、妈妈身体均很好，不用挂念。

就写到这里吧！

祝您身体健康！

儿毛头

元旦

爸爸：

您好！

今天收到您的来信，看了您的信以后，颇有感触。我记得有这么一个故事，意思是说一个人（哪个朝代不记得了）问庄子，说我这么大的年纪了，学不学习无所谓了，庄子说："青年时学习犹如朝阳，光芒万丈；壮年时学习就像中午时的太阳，虽然不如早晨，但仍很光亮；到老年，虽然如同在黑夜里点蜡烛，但毕竟比在黑夜里摸索强多了。"我们年纪还轻，"少壮不努力，老大徒伤悲"，无所事事，一个人的精神生活反而空虚，也真如您所说的，当我在计算的时候，遇到了不少麻烦，确实有悔恨的感觉。

我现在只好每天摘抄一些书上的法则，虽然不懂，但我准备慢慢地背它。学习能给我乐趣，当我认识到一个问题的时候，兴奋的心情，真不知从哪里说起。另外每天仍然练练字，"持之以恒"是不容易做到的，我常常看到我的同学，谈多了，我就情不自禁地发誓，我也一定要发奋，决不认为自己是个无用的人，就是过了一段时期我就会冷下来，希望爸爸常常督促我。就写到这里。

祝您新年愉快！

儿乐曾敬上

1974 年元旦

平如：

信和钱都早已收到。我在10日那天叫乐乐去朱师傅家看看，顺便将给你的东西也送去，恐怕司机来了，我们不知道，东西就没法带了。用纱布袋装好，一顶猎帽是希曾去买的，驼绒的，可拉下来，也可以翻下来盖住耳朵。孩子们讲耳朵套难看，头也冷，还是买一顶，也可以带几年，我看看还好。一本英文书，只有一月份的，另外半斤什锦糖，一包芝麻白糖。还有一封信夹在书里。也不知司机几时来才能带给你，假若司机不来，可来信，我取回来邮寄给你。（信刚写到这里，接到你10日晚信。）

现在已叫乐乐到朱师傅家去，将一包东西取回即到邮局去寄给你。但糖邮局不能寄，只好寄一顶帽子给你。此信夹在书里，作印刷品寄。别的没什么要寄给你了。

等张和根 来了，走时我托他带点糯米粉给你吃，再带点芝麻白糖给你。

小红每天上班，他们发一本字帖，有正文也有反文，是小楷，

---

* 饶平如六安汽车配件厂的同事。

再发毛笔和十几把雕刻刀，还有一副平光眼镜（恐怕刻时垃圾剔到眼睛里去）。每天总要六点多到家，下班后有时开会学习，所以家务没法做，只星期日帮忙做做。烧饭现在都是乐乐，大扫除也是乐乐。希曾病假四个半天，每天到图书馆看看书，没要他做什么。姆妈老了，天冷更不会动了。乐乐准备3月中旬回江西，他本准备2月中旬和来的东西一块儿走，但经济上不行，年过好，钱紧，我叫他等3月份，我再问联管组借20元买车票。家里再买点吃的给国宾吃，买十条肥皂、白糖之类，国宾虽想过春节后再来上海，我看不大可能，他又没钱，我们又没钱寄给他，怎能来？

上星期国宾托同学带来糯米五十斤，黄豆十五斤，还有油和粉干另外再托别人带来，还未收到。他做了这许多家具，看他怎么弄，托费贵，另外大车上也难托。

年货还未买，等希曾发工资和奖金，小红也是15日，她每次给我10元，余下7元8角自己买饭票另用。人家看看我们不错了，其实我们底子太空了。一方面孩子们大了，不能像小时一样了，他们要穿衣服，家里又要添置用具，每个月都扯来扯去摆不平。我们的孩子总算不错，昨天我们小组一个人（你认识那个广东人）在小组和我们哭哭啼啼，她以前孩子也多，也困难，她孩子比我们的大，早工作了，但孩子们钱都不肯拿出来。她爱人病假，每月病假工资只50余元，不够用，但孩子们都是手表、脚踏车，毛上毛下，大的已有女朋友了，所以家里常常为了钱吵闹。这次为了春节，她爱人要孩子多交点钱出来，结果父子大吵。所以希曾还是老实的，人家都讲叫他买手表，他不响，我也总想以后叫他少给我10元，但用用总不行，只好再讲了。

我们好，我们会很愉快地过春节的，春节我也会买肉、鱼再加两只鸡，所以也不错了，孩子们小时总马马吃点算了，现在不行了，韶和他们要来，孩子们的朋友要来，要想节约点也不可能了。你买了这些东西，你春节哪来钱用呢？

你也要买买吃的。好，再谈吧！

祝春节愉快！

（信写好，乐乐已将东西取回，朱师母讲：她也刚收到信，说他们鸡也用邮寄。）

美棠

1 月 13 日

你今年三④月再回来一躺。可以教telescope四来看，有什么不好呢，休息半月，我觉得你回来都很高兴。

周复又捎人议来信，本来讲15日有人来托带油、苹果来来，不知什么原因。由于一些保证想把回来，所以他想过了春节想后回来一躺。放光那里床去等等，把回来心定了。

来：没事看、装无线电什志。有时跟二毛弄无线电。家里一天去他自己装的二毛拾手心他。

我们好：人家都讲我和小红都胖了，我是年实爱毛头长爱。脸色比他好。

你春节出去进吗？上海近天下雨。周上小小同一直没下过雨。所以这一天雾下过去了。

　　好。再谈吧！　　妈是

　　　　　　　　　　　美青1.24日
　　　　　　　　　　　　（初二）

爸爸：

　　您好！

　　接到您的来信，知道您将于下个月返沪，到时候写一封信告知一声，我便来接。

　　我本来打算这个月的月底动身，接到国宾哥哥的信，由于钱等种种原因，我暂不能动身，只好作罢。

　　这几个月来，由于小红分配了工作，家又没人，婆婆年纪又大，我每天只能忙碌于家务，家里的活计真要有耐心，安排得服服帖帖颇不容易。有好几次，由于搞收音机，而误了开饭时间，弄得妈回来饭竟然没好，不好笑。

　　希曾哥哥给您买了《中国文学》，两本，上次的教训，使得他不敢再寄来，等您回来看了。英文我一窍不通，甚至二十六个字母我也背不全，我记性非常不好，可能是小时候发高烧的原因。刚刚做的事，刚刚放在这里的东西，转眼就会忘记。我有个不良习惯，早晨常常起不了床，总在八点钟左右才能起身。

可能是睡过头的关系，起来之后头发涨，神情恍惚，晚上一般九点钟睡。我也知道早点起床对自己很有好处，春节期间起了几个大早买菜，人就非常舒服，就是约束不了自己。在农村要打钟出工，常常起得很早，不过在农村起得早那是非常惬意的，山清水秀，我们的山村群山环抱，江西的山水比起北方又不同。北方是粗犷的，豪放，气魄非常大，而南方的山山水水，则情趣完全不同，小巧而美丽，春天的时候一片葱绿，泉水凉凉，如果劳动量大的话，的确是诗情画意。可惜太忙了，不能领略这无限风光。好吧，就写到这里。

祝您健康。

儿乐曾上

1974 年 2 月 2 日午

平如：

16 日来信在 24 日才收到，这么晚，我每天盼望，因为你单身在外，不见回信未免担心你身体不好生病了，接到信总算放心了，孩子们也讲："爸爸信总这么久不来。"

饶显才要在上海买缝纫机不可能，现在手表和缝纫机都要工作单位发票子才能买，数字很少。这次我们生产组轮到一张，要本人没有表，还要不欠房租、不借债的人才可以买。希曾单位里他们这个车间共 200 人（四个小组），每组一张，大家要买，结果大家摸彩。希曾病假在家，没去摸，这个组 50 人，大家摸着都是空白，偏偏留给希曾的一张是手表票。第二天一个人交给希曾，希曾讲我没钱买，这人讲：那你送我吧！没想到给旁人看见了，反映给组长，第二天组长到我们家来叫希曾去讨回来。因大家意见不统一，本人不买要重新再摸。希曾讲你们去讨我不管，结果这人又不肯拿出来。为这事小组开会讨论几次，后来厂里领导说：摸彩不可以，叫没有表的人评。结果怎样我也没去问。希曾这人不爱讲话，他摸到票也没回来讲，是小组长到家里来找他，我才知道的。当然他是因为没钱买，也不愿讲，弟妹们都讲：真气人，摸到票又没钱买。因这次表是最新式的，有些有表的人还想买。所以饶显才想买缝纫机不可能，旧货商店有时有，但一来就卖掉。上次我们生产组有一批缝纫机不需要了，有八成新，拿到旧货店寄卖，只 80 元一部，我们组员知道了，都到寄卖店去等开门。所以也不易，何况几时有卖又不知道。人家钱放在我们这里交了，别人要当我们故意不买，给用了，所以不要去管这种闲事。

信写到此，收到你 26 日来信，这封信怎么这么快，关于韶和的小提琴，千万别给他卖了，一方面小提琴现在紧张买不到，另一方面"给他（吉他）"上海倒买得到。韶和方面听母亲讲过几次，他要这只琴，因他想练，现在买不到，所以你这次带回来还他，切记。至于"给他"，以后有钱再买，本来孩子们也想学提琴，由于提琴是韶和的，所以我也回绝他们（本来乐乐想叫你把提琴带回，让他带到江西去）。

你 4 月回来很好，就是乐乐 3 月要走了，碰不着了。乐乐打算 3 月中旬走，我向联管组和互助会各借 20 元，分期归还，因他和国宾各人需一件布衬衫，还要买肥皂等东西，当然还得给国宾买点吃的。1月份开始已付房钱了，再欠下去不太好。1月份尚未付，因希曾病假已半个多月了，要买点东西给他吃吃，钱总转不过来，准备3月再付2月份的。因几年来底子太空，现在虽好转点，孩子们大了，要添衣服，像乐乐一件球衫破得厉害，我该买件吧，他说："不要，你看现在有谁穿球衫，我以后要买就买绒线衫了。"所以孩子们大了就要求高了。的确，上海年轻人都没人穿球衫，去年国宾也讲想买件绒线衫。想想孩子们也真苦，绒线衫本来不稀奇，可是就是买不起。希曾做了几年工作也没买一件，还是一件旧的，希曾对我不讲，但对小红会讲"我们家还是这样摆不平，虽说一个个出去了，扣补助，扣奖学金，弄到现在虽好点，但因底子空，缺这少那，还是摆不平"。

毛头4月份要下乡劳动了，劳动回来可能要到外地实习，地方可能是南京梅山铁矿和安徽黄山。

上海下了几天大雪，也冷得厉害。不过你们更冷，尤其是你，棉被、棉衣都不行，今年无论如何要添置好！希曾今天去看医生，还是病假，血压90—150，主要是肾炎的关系，慢性病很讨厌，毛头讲：不会断根。好，再谈吧！

祝你好！

美棠

2 月 27 日晚

平如：今天又收到你10日来信。知道一切。
你下月10日动身。大约晚上8英左右可
到。那时来人会来接你。你书不要带来，放
在那里自己吃吧。上海大米我们还不大买
呢！东西多不便，不要带来。听别人讲甲鱼
滋阴。像希曾身体不好于吗，买来放在那
里一个星期也不会死。吾走时早几天贵些
买几只吃。一斤多重一只的较好。只要两三只就
好。周我们不太要吃（上海5角一斤上面
没有卖，别人也是买不买的。不过你不要勉
强去找。希曾也许不大要吃这种东西。我
见他身体不好，心里很急，现在身体差些，
因他觉腰疼、头痛。

　　又接周宝来信。他先生书收到了，周
忙没给你回信，他说也要写一信给你
000035

平如：

　　昨天收到信，知你顺利到达，他们都来接你，这样你省力不少，今天收到寄来的 10 元，勿念！

　　下月发工资仍寄 10 元来，因希曾不愿向厂里借钱，只好由他，他有他的想法。

　　乐乐决定下月 2 日走，准备后天（30 日）去买车票。总是要走的，也不留他了，买好票打一电报给国宾叫他来接乐乐。

　　的确，人只好聚不愿散，来了欢喜，走了未免难过。虽然你们到春节又会来的，但心里总不好受。

　　希曾这两天眼睛似乎有点肿，但验小便还好，真不知什么缘故。这些时乐乐要走，钱紧，过些时要每天另外烧点营养给他吃。这两个插队真伤脑筋，否则哪儿会这么困难，走了拖一屁股债，债还清，倒又要回来了（这月开始每月扣 7 元工资）。

　　今天插队比以前好多了。小组有一个人的儿子插队，情况和我们差不多，他有三个儿子在上海工作，这次一个小儿子去安徽插队，几个儿子的单位和联管组共补助 200 元。我们那时比他困难多了，两个孩子共补助 50 元，所以直到现在他们的棉衣还做不起。现在插队，各单位谁敢不支持新生事物，所以就好多了。

你包里两个苹果是乐乐塞进去的。孩子们看到信里讲晚餐没供应，都埋怨你不肯持一包点心去，只好饿肚皮。

你工作服留着穿吧，等你带来，乐乐已走了。菜瓜籽以后不要买了，浪费了。

我们一切都好，就是希曾身体不好，我很不安。海带你走后我烧了三次给他吃，这两天没钱又没买了，因要放点肉，可当小菜吃，明天我再去买海带。上次我去买海带，问营业员"怎么现在海带颜色黑又黄，以前是青的，质量好"，营业员讲"以前是进口的，要1元多一斤，现在是国产的，只8角7分一斤，人工培植的"。

今天星期天，我不休息，用掉两日休息。我昨天给乐乐炒鱼松睡晚了，今天早点睡，不多写。

祝你好！

美棠

4 月 28 日晚

铇刀、洗碗拖鞋等。

　你感冒好了没有？自己当心
我们不能些懒惰。

　一足杯子很凉爽，瓜子好苓我
们全部收好了。如乙雨天七经有
些久呢。我吃这觉得当就是通空的不
壮及南瓜的好。化的吃讲很香。

　我因来了走什了几天，心绪不
宁，所以这几天精神不好，太兴到
吧。不写了，再谈吧。

　　　　　　　记

60.　　　　吴荣芬　8日晚

平如：

今天收到你28日信，你牙拔了很好，我记得有一年也是牙疼，你正好回来，还是你陪我去拔的，从今往后牙就没疼过了。

乐乐来过一封信后就没来过信，听三毛讲曾有一信给二毛，说他们很忙，背上已晒起泡了，天不亮就到宜春县*去挑大粪，四五十里路，回来天已亮，生活也艰苦。他们这些人都很瘦，主要没营养，医生讲他们要拖垮了，但公社不关心。又讲国宾很忙，一点空都没有，领导叫他争取入党。我已去信要他注意身体，不要做体力所不能及的劳动，我真不放心他。孩子年轻，好胜心强，我们成分不好，入党是不容易，人家走一步，你倒走十步，也不一定会批准。

二楼秦家星星有女朋友了，是别人介绍的，女方在蒙古插队，抽到包头工矿，这次回沪，人家介绍的。昨天到秦家吃饭，我们都去看，人品中等，配星星有多。这女的主要想在上海找对象，并和星星讲明，一切家具她来买，星星只准备请客的钱，双方

---

* 2000 年 8 月，撤销宜春地区，改设宜春市。

手表互换一只，算定了。这两天牙牙开心得不得了，每天在我们家吹牛皮，真好玩。

小红给希曾刻的图章是老师傅写的，她还不会写。这老师傅是上海第一名，日本田中首相的一对图章，中国送的，就是他刻的，小红只会刻，不会写。

上海近来已很热了，我们会当心，你一人在外自己注意。我最不放心的还是江西两个孩子，江西已热到38度了，烈日下劳动，营养又不好，山区又要挑担子，真没办法。余再叙！

祝好！

美棠

5 月 30 日晚

平如：

　　你自己当心身体，天热鱼不能吃，有毒，还是买点肉或是黄鳝、蛋之类，不过蛋要新鲜。和朱师傅一块儿去买，你不识货。上次我和小红到他家，他拿葵瓜子给小红吃，小红讲比你买的好。葵瓜子要黑色的壮，有肉，你买来的看看大，里面空的，还有些有虫蛀洞，颜色是白花的，不好，你买东西不内行。

　　小红昨天病假，"心动过速"，我们孩子怎么会有这种病，希曾也有。你自己一切当心，烟酒别吃，多吃营养。

　　祝你好！

美棠

6 月 24 日午

平如：

　　来信都收到，孙德华也来过了，他回生产组，也不适宜搞农业，只好在农村做衣服。

　　希曾这人不大响，父母急也没用。

　　希曾身体好点，我今天又买了骨头烧海带汤，大家吃点，他多吃点。西瓜已经有了，价钱较贵，还没买过，等多了便宜了，让他多吃西瓜，对血压也有好处。

　　今天听说关于房子问题要开会，不是叫我们开，是叫爱房员（从居民内选出来的）管房子的一切事，包括房屋坏了后的修理问题。这次为什么不知道？我们房租今年只付过两个月，因乐乐走后每月还债，加上希曾生病，又停付了。等毛头工作了，一定不能再欠下去了。寄来的钱也收到，勿念，你自己当心身体。

　　祝你好！

美棠

74 年 7 月 10 日

希曾

希曾（右二）与仪表局工大老师合影

希曾（右二）与仪表局工大老师合影

希曾

希曾摄于上海公园

平如：

　　来信已收到多天了，由于天热不愿提笔，近来每天室内温度也有 36 度，比去年热。早上买菜，素菜很紧张，排队很长。回来急急忙忙上班，中午一小时吃饭，回来有时还要烧小菜，下午回来因房内太阳晒，太热，还得拖地板、揩席子、洗澡、洗衣服。小红有时回来早，地板她揩，等弄好了，人就不想动了，天热的确讨厌。

　　你要的书，7 月份还未有。昨天希曾休息，因感冒未去，病假两天，近来血压正常，昨天烧绿豆汤给他吃。小红下班回来又买了五斤西瓜肉，8 分一斤很合算，我们还是第一次吃。因今年雨水多，西瓜不好，又贵，不敢买，西瓜肉合算。因瓜皮出口，肉卖给人家吃，但难买，只有小红附近有卖，她回来看见，买了一只塑料袋装回来。

　　她现在福州路门市部工作，因别区刻写没有生意，所以将南京路中区撤销，刻写人员一部分改行做涂漆，73 届进去的学生，只留下七人仍旧刻字，分散在各区。有的在南市陆家浜门市部，有的在天潼路门市部，小红则分在福州路门市部，仍旧刻字。

和以前南京路差不多远，因在福州路，我还没去看过。留下刻字的学生，都是认为可以培养的。不过有些人欢喜涂漆工作，轻松，是涂仪表壳，刻字比较吃力，小红倒欢喜刻字，因涂漆没有技术。

国宾、乐乐久未来信，想必农忙没空，你们六安更比上海热。你自己注意，你上次说每晚吃一只冲鸡蛋，这种吃法不卫生，尤其天热，蛋不能久放。我看你天热不必每天吃一只，买到新鲜蛋回来一次吃掉，或者分两天吃，烧一烧或者炒鸡蛋当小菜吃。休息天出去肉买不到，你们那里黄鳝便宜，买回来叫朱师傅教你烧烧吃，很好。

我们都好，勿念，毛头下月初回上海，不再去了，也许在家休息几天再到医院实习。

好，时间不早了，我要上班了，下次再说。

祝你好！

美棠

7 月 24 日早

平如：

希曾我随他自己去也好，不去也好，他也大了，他自己会考虑，我不多讲。我们认为很好，他这人不爱响，他怎样想法我又不知道，让他自己去。有些男孩子这样大了，有女朋友了，自己会去找她玩。希曾这人不爱动，或许结婚不愿到别人家去，总而言之摸不透他的心。

美棠

9 月 12 日早十时

爸爸：

您好！

自农村实习回来一直尚未给您写信，主要是自己懒于动笔。想必您近来身体一定很好吧。望多保重。我们身体都很好，请您放心。前几天我感冒，胃口不好，再加上同学中有两个患了肝炎，我也去验了血查了一下，结果肝功能正常的，我准备到医务室去开一些开胃的药吃吃看。

我现在在上电医院实习，我在外科，我们外科实习一个月左右，四个星期在病房，一个星期在门诊。病房还是比较空的，上午给病人换药，如果有开刀的话就上台帮做助手。一般像阑尾炎这种手术都让我开主刀，以及做一些小手术，如体表上的小肿瘤、囊肿之类，所以实习的东西还是比较多的。

我们的分配问题，最近又通知不提前了，仍依照老方案11月底结束开始搞分配。去问，仍是四个面向，听说有云南、新疆之类的地方，我是不可能去的。具体方案要等分配时再来信告知。

今年国庆节我们都过得很愉快，上海还放了焰火。2日那天我同几个同学一起去了××公园玩了一天，还拍了照玩玩。

　　您一个人在那里过节恐怕很寂寞吧。我们都很希望您春节能回来同我们一起过春节。国宾、乐乐哥那里最近也没有来信。不知他们几时回来。别的也没有什么了。

　　祝您身体健康。

儿毛头

10 月 4 日

都会之春

美 棠 来 信

1975

我 们 一 家 人

一九七五年的通信

平如：

　　一连收到两封信，知你就要回来了，21 日毛头和希曾会来接你。我仍在妇婴旅社做支援工，每天增加 3 角，工作还轻。早上收拾房间，下午有时叠被子，接电话，给旅客开房门，六点钟下班，就是时间长，要十小时。就在永安公司后面，走来走去要一小时。

　　前天国宾托人带回二十斤冬笋，是一个女孩子送来的，听人说就是国宾朋友，还不错，看样子很能干。国宾想回来，她说，假使回来就在 5 日左右，怪不得国宾前些时叫家里给买条裤子，回来预备到女朋友家去走走。这女孩子父亲是丰华圆珠笔厂工人工程师，母亲是教师，经济条件较好。就是不知她父母是否同意。只好听其自然。

　　你买两只大鸡很好，大青豆要粮票，我今寄上十斤粮票。国宾他们现在吃食堂，黄豆没有了。今年我做临时工，星期天也不休息，因为现在不休息也有工资。今年小菜没人买，上海近来外地人特别多，小菜难买。本来肉好买，现在肉也排队，外地人都几十斤的买，所以上海的东西都给外地人买走了，连咸肉都买不到。朱师傅走了，你今后买东西也不便当，你又不会买。

好，不多写了，回来谈啊！

祝好！

美棠

1 月 21 日

平如：

昨天又收到你的来信，知饶显才的布票已收到了。

毛头昨天去学校，因前天来通知叫他去学习理论。昨天下午一点去听文件，一直到下午五点。后来又讲："今天叫你们来，不是动员你们，主要是学习。你们这些人卫生局是要的，假使不给你们学习，你们走上新的工作岗位就要跟不上形势了。去的已经去了，假使你们要去还是欢迎的，绝不会有什么看法。"毛头讲，许多话都是隐隐约约、含糊不清的，看样子可能重新分配他们。学校未走的看样子有50余人，有外工，有大丰，有近郊。外工第一批，大丰第二批，昨天最后一批是近郊的，有14人，其中3人未去，昨天只去11人，大家开会后都很愉快。因老师讲"你们这些人卫生局是要的"，所以有些同学讲"卫生局向我们招手了"，假使是动员他们去农场，那么他们就是农业局的人，怎么讲卫生局要他们呢？所以据猜测，若分配他们，是由卫生局分配了，可能都是医院了，不像第一次是通过劳动局分配的。希望快点分配，毛头也欢喜医院，另方面家庭经济也实在不行。希曾也大了，不像早几年了，用他的钱，他也不愉快，人大了就有私心了。昨天毛头讲，我真的去医院工作了，第一就得买一只表，否则怎么办？小红讲，只当你没分配，这钱存起来给买只表，这是没法省的。可是希曾就不响，脸上很不愉快，连小红也看出来了，今早告诉我，叫我不要再用他的钱了。但怎么行呢？我真给烦死了，有时候气起来，我真想到什么地方去住一个时期，不管了。每个月的钱，难道都是我用了吗？像希曾的工资，他自己又要吃牛奶白糖，吃营养，能剩多少钱？他思想上总以为家里用了他的钱，所以自己想买只表也没钱，储蓄也没有，像别人和他一样工作都有近千元储蓄，他不是对我讲，是对毛头讲。所以孩子大了，都有私心了。

毛头看分配了，房租也不能再不付了，我看郑昭光的钱，明年再每月还 10 元，了却一笔债，日子太久了也不好。

小红的工作地方又要搬了，月底搬，搬到华山路，很远，这样每月自己要出 3 元车费，真气人。

我在外做到 4 月 8 日，三个月了，可能要回来了。这也没办法，这几个月总算每月多 10 余元，否则还要摆不平。

　　我每天早上和小红一块儿走，晚上仍六点下班。神经不疼了，身体好，勿念！2月份的《中国文学》已买了，3月份下次去买，你自己当心身体。

　　祝好！

美棠

3 月 13 日

　　别人托你带的面，到现在还在我们这里没来拿，再不来拿都要发霉了，叫这人去信叫家里人来拿去。

000094

上海

HL3038 977 H14750 6 SHANGHAI H14750 24 8 1925
00 62 1344 3066 6558 6792 0115 0617 4920 5944 6508
7087 7 1327 1172 LUAN
0036 2607 2234 0207 0932 7193 3029 5019 27.68

平如：昨天10日收到你的电报，真[illegible]心了。

我自3月21日收到你18日信后一直未收到你的信。我23日回一信给你也未见你回信，所以很急。本月1日开始我每天盼望你的信。毛头4日给你一信也未见回信，弄得我心神不定。8日中午我心中不安，中午跑回家问有信没有，6点下班又未见来信，我本想打长途电话，因晚上你一定不在厂里，后来琼琳说打电报问问看，所以昨打电报了，因你从来隔这么久不来信的。昨天收到你8日来信，今天才又收到你5日来信，信中说寄来10元也未收到，28日信也未收到，不知怎么搞的。5日来信怎么今天才收到，看看大安邮戳寄出日期不清楚好像是9日寄出。弟的钱至今也未收到，不知你是否自己去寄的，还是托别人寄的，可去问问看，这次真奇怪，28日和5日两信先都未收到，所以家中发急，出了什么事。而且28日信到现在都未收到的。我耽心两件事，1、怕你煤气中毒倒了。2、怕你到大安晚上过河有危险，所以越想

0000095

平如：

    昨天 10 日收到你的电报，总算放心了。我自 3 月 21 日收到你 18 日信后，一直未收到你的信，我 23 日回一信给你，也未见你回信，所以很急。本月 1 日开始就每天盼望你的信，毛头 4 日给你一信也未见回信，弄得我心神不定。8 日中午我心中不安，跑回家问有信没有，六点半下班又未见来信。我本想打长途电话，因晚上你一定不在厂里，后来孩子们说打电报问问看，所以就打电报了，因你从未隔这么久不来信。昨天收到你 8 日来信，今天才收到你 5 日来信，信中云寄来 10 元也未收到，28 日信也未收到，不知怎么搞的，5 日来信怎么今天才收到。看看六安邮戳，寄出日期不清楚，好像是 9 日寄出，并且钱至今未收到。不知你是否是自己去寄的，还是托别人寄的，可去问问看。这次真奇怪，28 日和 5 日两信先都未收到，所以家中发急，当出了什么事，并且 28 日信到现在都未收到。我担心两件事，一怕你喷氯气中毒昏倒，二怕你在六安晚上过河有危险，所以越想越怕。起先每天盼信，到后来实在耐不住了，孩子们到后来也急了，所以打电报来问了。

我今天开始在小组上班了，三个月合同满了，74届艺徒进去了，所以我们也就回来了。

毛头老师昨天又来过，还是老一套。我不在家，可能会去信你厂里，做你的思想工作，我会讲你做不了主。

国宾去后未来过信，倒是陈佩芝* 来过一信，告诉近况，并说国宾已推选为副场长，今后上调比较讨厌。我也未回过信，恐怕不便。

小红上班远了，她每天走一段路花5分钱，车钱来去1角，节约1角，给你刻了一个牛角图章，下次和书一块托带给你。

希曾仍每天吃牛奶，吃营养有规律点，这些时日病假倒没有。

我们好，勿念。因你家信一直写得勤，所以久未收到信，

---

* 1 月 21 日信中国宾女友。

我就着急。你一人在外，万一生病怎么办？所以不放心。以前朱师傅在一块儿又好点，彼此可照顾。像这次久未接到信，倘使朱师傅在一块儿，我早叫希曾让小琴去信问问朱师傅就行了，电报也不会打了。

你自己当心身体，并去问问 28 日信怎么会遗失，钱至今未收到，何故。

余再叙。

祝好！

美棠

4 月 11 日

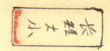

（偶有。含多能放下，喝乃）

损票20斤查收。

《我有旨酒与子乐之》

平如：

来信已收到，知你肺受伤，不知已好了没有？你们义务加班，每天加吗？这样以后要当心，精神疲劳容易出事故。

昨天小琴休息，和朱师母一块儿来玩，在我们家吃晚饭，她讲朱师傅有半个月未来信了，我告诉她朱师傅有信给你，可不必记挂。

我从15日开始，在南京路晒图厂学习。因生产组原来的任务不正常，现在要换一种新任务，就是装订晒图纸，叫我和一个组长还有两个青年去学习，大约一个月时间可回来，再教大家做。这种任务接回小组由我们整理装订，一套图纸要分部件排号，里面号码复杂，有总号、晒号，还有部件号，分类再分号，不可错一个号码，否则就不行。一套图纸要售100多元，我们生产组多有不识字的，青年少数，还要细心，所以我看叫生产组做有很大的困难。不过我倒很喜欢做，因不要劳动力，又清爽，只要细心点。就是伤眼力，两个青年也叫头涨，因看久了要眼花，又不好讲话，否则就易搞错。小组人多欢喜讲话，东家长西家短，这样一来也好，可清静多了，就是怕做不了，平时做簿子都是乱糟糟的。

前几天收到乐乐来信，说到国宾近来工作消极没劲，大概公社做他思想工作他很气。公社意思叫他染布。

佩芝妈在路上看见我，讲她已去信叫佩芝坚定意志。就是有十二级台风也要站稳脚跟。

我也写了一信给佩芝，叫她讲讲国宾，消极对待只有对自己不利。在本场常不出工不大好，假使迁出，在宜春几年来等于前功尽弃，所以她正犹豫不决。

你自己各方当心，我们好，勿念。我上班时间到了，余再叙。

祝你好！

美棠

5月24日午

平如：

来信已收到，你脚伤已全好，甚慰，但还是要尽量少走路，洗澡要当心，不要让生水进去，以免发炎。

今天收到国宾和佩芝来信，我看了心烦，怎么办呢？佩芝这人个性强，以前和小张争吵过，这样一来连和国宾关系也不好。我认为也不合算，几年来的成绩就白费了，今后万一有机会上调，两兄弟可去一个，若一个现在走了就讨厌了。我思前想后真想不出什么办法来。孩子们年轻不懂事，真令人担忧。

希曾血压已经正常了，目前每天吃中药，中药对慢性病较好，西药多吃有副作用。小红也在吃中药，因她每天下午两颊发红，经过透视，肺部没有毛病，医生诊断是阴虚，所以吃中药。毛头每天在无线电旁读英文，同学都在等，也只好等。

我仍在晒图厂学习，大概月底可回来了。这工作拿回生产组做有困难，因阿姨们多是不大识字的。

天气热了，你自己当心，我们好，勿念！就是为了国宾的事心里烦闷，不知要怎么解决才好。

6月份的书和报纸，毛头已给你买好了。

附上国宾和佩芝的信，余再叙！

祝你健康！

美棠

6 月 20 日

平如：

　　上星期佩芝来过，将国宾信送来我看（其实我在同一天也收到国宾信），信中讲他已调到公社林科所。通知小张拿到，当时未给国宾，后来国宾问才给他了。场里开了欢送会，送他钢笔、学习书等纪念品。离开场也好，小陈讲她回去也要求调开，留下她和那个人，她不同意。

　　听说林科所很轻松。和我一个生产组的一个女青年因眼睛深度近视，退回上海在外小组（她原和国宾在一个公社插队），她讲公社林科所不错，一些人想调去还不可能。因工作轻松，收入靠县林业局每年给一笔管理费。公社林科所有一千多亩山地，上面规定超过五百亩山地，国家有管理费给他们。国宾调去，和佩芝暂时分开一个时期也好。

　　小汤要买音乐书，毛头去看过，没有。以前很多，今天再去看看，若买到即邮寄来。因这星期小红生病，毛头在家照顾她，没有出去。小红已好，这孩子身体单薄，好得慢。今年雨水多瓜果少，西瓜更少。小红生病买不到西瓜，只买点雪糕冰砖给她吃，因热度高，40 度几天不退。

你们厂情况怎样？小琴和希曾休息天常出去。我也不去问他，他这人不爱讲话，不比国宾。

我们都好！你自己当心身体！

祝好！

美棠

8 月 3 日早

平如：

今天收到 6 日来信，昨天寄来 20 元，勿念！今天收到乐乐来信，他们双抢忙，人又黑又瘦，不过他们今年梨丰收，水果吃得很多。国宾也常去，农村又开始大学招生了。他们也不想，一个公社只四个人，小张不能去。

昨天黄浦区判决十五人，一人枪决，还有两人拦路强奸，判 20 年。现在对拦路强奸和拦路抢劫都判得重，一些女青年为了这种事情都不肯上中班，影响生产。

前些时大光明捉到八个女青年穿短裙，里面都不穿裤子，社会这股邪风不得了，市委近来抓青少年工作抓得很紧，里弄都办起了向阳院[*]，组织青年学习娱乐，我看不久又要刮红色台风

了。外面穿奇装异服、梳异型头发，什么华侨头、日本头等太多。

　　小红去拍了一张照片，拍得不错，今天给她放大了一张。就是一根辫子不好，不应放前面，我认为拍得很正派，不像现在有些女青年，奇奇怪怪的样子。今寄一张给你看看。

　　现已立秋了，但仍很热，我们好，勿念，你自己当心。

　　不多写，我给乐乐写了很多，手很酸。

　　祝你好！

美棠

8 月 10 日午

希曾本月订了一份《参考消息》，我们政府这次又释放了一批特务*，并有六十四人申请回台，这是我国重大政策。不过你的问题是否会进一步解决，我只希望你能回上海工作就好了。你离家也有 17 年了，虽说已摘帽，但这样就算解决了吗？再等等看吧，我相信政府办事是大公无私、合情合理的。上班时间到了，再谈吧。

又及 10 月 4 日午十二时半

---

* 1974 年 12 月，毛主席重新提出了特赦国民党战犯。1975 年 3 月的特赦，是 1949 年以来第七批特赦，也是最后一次，一共释 293 名战犯，是人数最多的一次。为缓和两岸关系带来了契机，也展现了中国共产党对台湾人民释放善意，希望实现祖国的统一。

希望本月订入一份参考消息。我们政府近来又释放了一批特务，另有64人申请回台，这是我国宽大政策。不过你们的问题是否会进一步解决 我总希望你能回上海工作就好了。你离家也有13年了，是该回搞帽。但这样就非行快了吗？再等、看吧，我相信政府办事是大公无私，合情合理的 也以 再谈吧。

3/8. 10. 40年12点半

000121

美棠

美棠与小红

美棠

美棠与乐曾，摄于 1973 年

美棠母亲李元香73年在家中

美棠母亲

美棠83年摄于永安路18号阳台

平如：

20 元于 10 日收到，8 日信也收到了，勿念。

国宾一同学来上海读科技大学，桌子等没托来，佩芝的写字台和书柜带来了，毛头和佩芝一块儿去拿的，毛头一人给踏回来，吃力得要命，从东站踏来。

那位同学谈到国宾情况，因国宾来信讲，他和所长有点意见，我问这同学为什么。同学讲，因国宾在花果山是副场长，调来林科所，所长认为他是来做接班人，夺他的权的。这所长阴险得很，同学们对他都有意见，这样一来，他就怀疑国宾要夺他权。因同学们对国宾好。前天佩芝来，将国宾信给我看，国宾讲他准备回上海过春节。场里支部书记问国宾愿不愿意回花果山，国宾讲，我不考虑。我也准备去信叫他不要回去，好马不吃回头草，林科所轻松多了。他国庆节在外演出和赛球。

昨天收到国宾信，今寄来给你看，他准备 12 月中旬回上海。其实我并不希望他来，家中经济较紧。加上乐乐和你都在春节回来，睡的地方都成问题，就是睡地板，被子也没有这么多，真伤脑筋。去年的债刚刚还清（下月还得加 6 元），两人一回来又是一屁股债。上海知青有几个人早回上海了，有些读大学了，剩下都是宜春下放的知青，宜春知青每月有四天假回家。这样下去确实讨厌。最近传说，今后农村社办厂解决知青问题，说上海仪表局和江西挂钩，轻工业局和安徽挂钩，将任务下放农村由公社知青做。也许是下放知青太多，要上调有困难，采取这种办法。青年年龄也都大了，再不解决确实讨厌。

最近天凉了，我今天调休半天，所以给你写回信。每天旦上要很早去买菜，肉很多，就是蔬菜紧张。晚上回来吃过饭，精神就不行，不想动了。

我们都好，勿念！你自己保重！

花生米难买就少买点，十余斤也可以，全国粮票可以换得到吗？不要用钱买，上海粮票换不到安徽粮票就寄回来，上海用到1月底。

祝你愉快！

美棠

10月17日二

平如：

　　昨天收到你来信，很是欣慰。你的问题能得到解决，对全家来讲是一件大好事，但我们希望你回上海。你们领导讲你们的厂性质变了，这就是准备留下你，只要中央明文规定，根据本人要求可以回家，我们就要求回家。通过办学习班，总可以看出情况来的，解决问题前总会叫你们办学习班的，你看情况可提出。家中情况，经济困难，能回家生活在一起，可以节约点，另则年纪也比较大了，爱人也极盼望这次能回家，彼此有照顾。大孩子有慢性肾炎和高血压，体质很差；老二老三在农村插队已 6 年了，家里还得接济他们；老四卫校毕业，分在农场没去，因爱人和孩子认为我们已有两个支农，这次分派不合理，想不通。学校有 30 余人未走等待重新分派。十几年来房租一直没法付，积欠 1000 多元，还有私人债几百元，单是由你手借郑昭光就是 80 多元，至今还不出。这些事实情况都可说出来，希望能回家。

　　今接国宾信，大概 20 日左右要回来了。今年收成不好，我看分不到什么钱。小陈曾寄 50 元给他叫他买东西。我看他买东西都是小陈的钱，回来这笔账怎么算？

寄来 15 元（10 日）已收到，希曾仍在厦门路读书，人倒反而瘦了，这孩子身体太差。

我们都好，接你信很欣慰，孩子们也很高兴。

今将国宾信附给你看，有些话等你回来面谈吧！大经今年不知回来不？他的问题可能就快解决了吧！

祝好！

美棠

12 月 11 日

《简化太极拳书》同时寄出。

平如：

　　12 月 23 日信已收到多天了，今天 31 日，75 年最后一天了。我由于做临时工，浴室很忙，每天上中班，十一时半回家。上海蔬菜紧张，每天要买。最近肉也紧张，因别的菜买不到，吃肉的人就更多了，所以也要排队，不过比较好，不限量。下午两点上班，吃过早饭，小菜洗好，睡一会儿，吃过中饭，家里事体再安排一下，洗洗衣服，就急急忙忙要走了，一点空都没有。

　　最近报上县团以上人员又释放一批，公布名字的都是在押的，留场的也给转业证。像县级的不知几时解决？像在你这种单位的人又不知如何解决？不过我们总要求回沪，就是留你，你也年岁大了，退休也要回来的，何必留你呢？这十几年来家里困难也很大，虽然孩子已有两个工作了，一个还是艺徒，但还有两个插队。我和希曾都身体不好，有慢性病，姆妈也 80 多岁了，前几天生病又吐又泻，我真担心，现在总算好了。我想，到最后根据政策，万一实在不行，到那时再去要求上面出面给毛头解决工作。因毛头安排时，我们讲分配不合理，他爸也在外地，两个哥哥又在外地插队，老师讲："你爸爸不好算在外地工作。"我们讲："我们经济困难。"老师讲："你们困难是怎样造成的？"当时毛头气得不得了。所以万一你不能回上海，就提出要你们单位同他们学校联系一下，请他们把毛头工作分在上海市区。当然首先还是要考虑你能回上海是最最好了。

刚刚收到宜春文化站一人给国宾一信，说九江永修县要修一大型水电站，派此人去做县常委书记的秘书。他们要招 1500 名民工去修水电站做坝，他向公社书记提议让国宾去，工资每月 35 元。工作当然是很苦的，但他讲工程是一年多，修好后需要留下一批人来作为职工，那时他可帮忙，这样工作问题就解决了。2 月 15 日就要出发。并叫国宾给他买一双皮鞋、一双球鞋、两条飞马香烟、一条大前门香烟。但这笔钱怎么办？借又借不到，约30余元，你能借到30元吗？这人以前是公社下放干部，和国宾比较好。去年上调在宜春文化站，此人是大学生。

我们好，勿念！你自己保重。

祝愉快！

美棠

12 月 31 日

此人托买东西要15日前就买好给人带走，所以钱若借得到，最好能在10日收到。

子曰：「君子道者三，我无能焉：仁者不忧，知者不惑，勇者不惧。」子贡曰：「夫子自道也。」

——《论语·宪问》

平如画 二0一0年 五月廿日

1970

一九七六年
的通信

獨行人
二〇一〇年
月平如

脏。钱除1路费不一定要带钱回来。

我们好久不会，大哥不知已回来没有？

不等1，因6美邮局要关门了，我想年

寿云。 祝

好： 亲爱 2.1.7日

（附尔〈寄还书信一封〉）

托罗寿的人，因要2月给他进友鞋1米温杯，

大部门书烟上海亭买2利（稽去如此）刻向

东西回叱所买来。

000136

平如：

　　昨天匆匆忙忙给你寄出一信，今天再写几句。我于 4 日回生产组了，因不适应这浴室工作。开始浴室来开门（内部修理），大家都做打扫工作。几天后我做日班，虽觉头昏脑涨，但还可克服，后调夜班了，我就吃不消。一个白天下来，晚上浴室像蒸笼一样，天花板上满是水汽往下滴，我戴眼镜一点看不清，人感到头昏心跳，那天晚上几乎昏过去，这样就不能做下去了。浴室认为我不宜做这种工作，去联管组联系换一个人去，这样我就回来了。目前没有临时工了，只有煤球店有一个人（临时工）吃不消要回来，本想换我去，我这种工作也吃不消，一天只加 3 角，一个月二十六天，加 7 元 8 角。孩子们讲，不要去了，你吃不消的。我也想我不一定吃得消，因春节买煤球人多，工作人员要搬煤球，这种体力劳动我不行，只好算了。

　　上信叫你买猪肉，你看情况，不要蛮干，不行不必勉强。还有羊肉。孩子们讲猪脚便宜，还是猪脚好。

　　假使你买了，上海可少买几样，就怕你吃力，因春节火车上很乱，所以看情况，不要勉强。除了回家路费不必再留钱回来，回去路费今天收到 30 元，我已留好 15 元作为你走时路费，国宾路费我可向联管组借。

今天国宾给那人买了两条飞马香烟、五包大前门、三包牡丹、两斤软糖，共用去 10 元零几角，已托人带去。另去一封信，说其余东西不易买到，以后买到再给带回。并希望能汇钱来，因春节到了，自己又在医院检查肝功能，还得治病，所以钱紧。并请他问问，在上海看病，医药费是否可报销？

国宾昨天去医院抽血检查，还没看到结果，另方面让他知道他有病，以后不去可作借口。

上班时间到了。

祝好！

美棠

1 月 8 日午

你处吾有上海搞来 这次同来
别忘1带来（用到1月底止）

我这几天每天加夜班，因提前
休息。29日即休息一直到 4日上班。

我要到，四来而误：...

田： 买亲 1.19月午

《爸爸回来了》

平如：

　　10 日来信早收到，由于心中气愤，本想早告诉你，又怕你着急，现在总算不幸之中的大幸，所以再写信告诉你。希曾上星期二（13 日）休息，晚上同小琴约好去大光明看电影（第四场），晚上十一点二十分进后门。走进后门转弯角上，看见两人面对面站着。一个和希曾差不多长，戴眼镜，很结实的样子，另一个矮点。希曾进来看见，从他们身边走过，觉着这两人样子不大对，走过正想回过来看一看，见一个戴眼镜的手伸进袋里，另一个人已一铁棒（大概总是铁器），从他后脑敲一记，当时还没被敲倒，但已出血不已。希曾马上回身抵抗，边狂喊救命，我们都睡着了也被喊醒，但不知是谁，当时声音两样，听不出。约两分钟之久，只听希曾到房门口喊"毛头毛头，快开门送我到医院"，我真吓呆了。叫醒毛头开门，门开了，只见他身上是血，毛头忙用毛巾给他按住止血，一边和三楼一个刚下中班的青年向小菜场借一部车子送到中心医院。我和小红也随后赶去。伤口有 5 公分长，缝了针、配了药、伤口扎好，再到派出所报案。今天去上班了，伤口要明天拆线，医生不肯开病假，一般打伤医院不开病假，因外面打群架事多，但希曾不是。

这件事很蹊跷，不像是抢劫，他又没抄身、抢东西。希曾边喊边往楼梯边逃，他们还追打到楼梯边，左眼吃到一拳，小肚边踢了一脚。一般在房子里打人，这样大声狂叫早应逃走，哪敢再追打。一般人都分析是诚心来打他的。有人在十点多就看见这两人在后门里踱来踱去，我猜想是这样的。这两人在希曾出去后就盯上了，盯到大光明，见他去看电影，知道十点多散场，所以等在后门里。

现在希曾人好，吃了不少营养，鸭子烧火腿汤，因火腿对伤口收口好，蹄髈烧火腿汤，苹果、鸡蛋等等，现在人好，可放心，不必惦记！希曾今天到小琴家去了。

祝好！

美棠

4 月 19 日

平如：

4月24日信已收到，希曾已好，但还未上班，明天开始二班了。因超假多天，一月奖金没有，所以也就多请假了。平时病假他有时也不休息，这次就多休息几天了。伤口已痊愈，头不疼也不昏，还算好，就是多用了十几元钱，吃吃营养和水果。

劳动节要到了，上海今年要放焰火。今年较热闹，纪念"文化大革命"十周年，小琴要来外滩看焰火，可能来吃饭，你们也休息两天吧！

毛头学校今年6月下一届又要分了，不知他们这些未走的人怎样办？是否要写封信去问，但又不知怎么写法。你的问题又未解决，最好能有一个借口。一想到这些事就烦。

希曾和小红他们，我叫他们当心，尽量早回来。昨天小红在厂里看电视，看到一半就回来，不敢回来太晚，不过天气渐热了，马路上人多又好点，总之小心为好。

你处有人来，敌敌畏会给带来，书也会带来，不过4月份还未买，过几天去买。近来天气已很热了，你自己当心。你上次头昏，也许是营养差的原因，不能太刻苦。我前几天烧菜，突然人往前倒，我扶住墙定一定神，觉得头并不昏，毛头讲也许是脑神经一时失去调节。

我们都好，勿念！收到此信也许在劳动节后了。余再叙。

祝愉快！

美棠

4 月 29 日午

粮票等毛头学校拿来再寄来，他有三个月的粮票未领，家里没有多余的。

平如：

　　信和钱都收到了，勿念！希曾已上全天班了，人好，不必惦记。

　　接乐乐来信，说公社叫国宾去做采购员，现尚未到公社报到。公社采购员不知做些什么事，乐乐讲很轻松，想必是给公社买买东西，不过国宾这人最好不和钱打交道，因这人太粗心，倒是乐乐放电影的工作不错，他讲他衣服没有，还好公社给他们放映队三人每人做一套蓝卡其（布票要自己的）、一双球鞋、一把尼龙伞（晴雨好用），并且到哪里放电影就在哪里吃，挨家吃，一餐1角1分，伙食不错，人也胖了，这样我们也放心了。

　　毛头今天到同学家去了，想必是去打听消息，他自己也心烦，只要他分配好了就好多了。

　　上海各单位追查政治谣言，我们平时对这些事不闻不问，每天上班，回家即做家务，无事就早休息，这样免得起是非。孩子们也一样，下班回家要不就是看看电影，从不走东家串西家闲聊天，这也是一个人的个性，我们都不欢喜这样。

　　乐乐来信要家里人的照片，我们没有近照。两年没回来当然想家，我叫他积点钱，今年回来看看，今年我们一家去拍一张全家照。

这两天天暖了，下个月2日就是端午节了，你买点糖、吃粽子。

我们都好，勿念！

祝你

健康！愉快！

美棠

5 月 10 日

爸爸：

您好！

有很久没给您写信了，上星期二我到徐家汇找到了徐桃福家，今天准备托他带回一些书报。《中国文学》是第5、6期两本，因《人民之声》不知何原因很少看到，所以只有两本。另内附伤膏八张，全国粮票十斤，上海粮票十斤。小陈弟弟送的鱼面一盒，因我们都不怎么喜欢吃。

《怎样画油画》这本书今日没看到卖，以往是有卖的，就像我们家有的那种《怎样画速写》一样的版本，大概只要两三角钱一本，所以以后看到再买了邮来。九宫格也有卖，花是塑料的。

爸爸近来身体怎样，××已痊愈了吗？腰痛好了吗？望注意身体，家里人身体都好，希曾现在厦门路读书。

我分配问题现尚未落实，下一届毕业生在今年8月份要分配了，所以我们也有可能轮到。别的区卫校未去报到的同学在说他们老师说了，要给他们中的一部分人解决。如果他们真的解决，我们是肯定也会解决的。因我校当时分配时，外地及农场的名额要比他们多得多。前天到一个同学家去，他有一个同学现在留校做老师，他说，去年 3 月份，原来是准备分配的，且上海名额有 20 个，后来因外界舆论流传太广，所以搁下来了。看来，在今年 8 月份左右，不管是分或是不分，不会再这样拖下去了，他总要给一个较明确的反应了。

因妈妈忙于做家务，天热事情又多，一直无空写信，我就随便涂上几笔。就写到这里吧！

祝好！

儿毛头

6 月 15 日上午

子曰：「士志于道，而耻恶衣恶食者，未足与议也。」——《论语·里仁》

攻电§校培技做教师。他说，转了几次，健、居毫无以培与他治。且以鱼就有如此，他手因，外爷喂收涨行为户，他以暂抑下来。此沙春季，至今年8月份左右，不费气分，式至不气，不会再边样跳下去了他觉要给一个好的以角治及身了。

　　因好么忙于做家务，天地雨增之多，一直无空代，找伙陇伐涂出筆。贫家小这生吗？

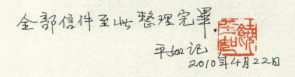

　　　　　　　　　　洺

　　办：

　　　　　　　　　　几毛英. 6.15. 上午.

　　　　　　　　　　　　　　000147（完）

　　　　全部信件至此整理完畢．
　　　　　平如記
　　　　　2010年4月22日

平如：来信早收到，今天收到寄来16元，勿念！

我腰疼已好点，医生讲要卧床休息，我也休息了5天，过几天再去验小便。我打了10针卡那霉素两针链霉素，卡那霉素多打对肾脏不利，但我不能打链霉素，打了两针感到嘴和脸都发麻有反应。我说吃"呋喃妥啶"，我一吃这种药就觉得胃难过，饭也不想吃，停了几天，今天又开始吃，不坚持吃不会好的。这两天好点，还有点疼，不过小便不那么急了，否则我一会儿又想小便。

天气前几天很凉快，今天热点。你们那里比上海热，你自己当心着要。

希宁上体育课打篮球将脚踝扭伤，休息了两天已上班了。小红下星期一仍到华山路上班。短训班已结束。

昨天毛头给你买好7月份人民中国，有便人带给你。

你带来的油吃到这个月已吃光了，毛头、小红烧菜油放得多，我讲也没用。

乐曾（左）与妹夫

乐曾 73 年摄于上海

乐曾

乐曾

乐曾

乐曾 73 年摄于上海外滩

乐曾 73 年摄于家中

平如：

　　14 日来信已收到，知悉一切，你身体好我很安慰，但也不能太刻苦，年纪大了，身体虽好也要注意。

　　我身体已好多了，仍在吃药，这次我很注意，一直吃到全好为止。

　　前天我们开会，这次江苏扬州地震*，可能影响南京、苏州，可能上海也有影响，尤其是大丰、崇明，日期在 22 日前后，今天已是 22 日了。昨天、今天都有台风和大雨，所以很凉爽。听说安徽合肥也有地震，合肥离六安不远，你们也要当心。你们房屋矮，又在近郊，可能安全点，不过也要警惕，有什么情况可到郊外没屋子的空地去。这次地震面积较大，听说广州也有地震。我们近外滩，房子人多，有什么事走出去较困难。我们曾考虑真的要紧可到××家暂避，因她家门前有空地，再周围

---

*　1976 年 7 月，唐山大地震的悲惨情景和沉痛教训，引起全国地震部门的高度重视。为了避免和减少地震给人民生命财产带来的破坏和损失，各地纷纷进行地震预测。"在党的一元化领导下，以预防为主，专群结合，土洋结合，大打人民战争"的地震工作方针下，根据南京、上海地震大队的研究结果，扬州至海安一带可能发生强烈地震。

都是平房，地震时较安全，不过上海不可能有这么大影响，你放心。

国宾有信来，现在号召扎根落户，办社办企业，知青今后一律拿工分，以前拿工资的现在也拿工分。乐乐未来信，可能也拿工分，所以不高兴来信了，不过他工作还是较轻松的。这也是没办法的事，只好眼光放远点。

近几天不少从扬州、无锡、常州、南京等地来上海投亲的人，现在要劝说他们回去坚守岗位。这两天听说上海也有影响，上海有些人也回宁波，杭州的也有。

我们好，勿念，希曾这个月放假在车间劳动（厦门路车间）做早中班，月底结束仍上课，你自己当心身体！

祝好！

美棠

8 月 22 日早礼拜日

正思秋信到 一葉落中庭

平如 2010.5.28.

听帮会讲。叫琴钰去调她去食堂做，她也答应这
又太老实吗，三年老徒怎么会答应去食堂呢？
曹也不满意她这样做。因讲出去难听。另则
边对孙一样去食堂。老徒也不用做了进去玩了
舒舒之类。再则今后总是有技术好。这样看来
还是陈佩芝聪明。

　　你自己保重，我们好！

　　　　　　　　　　姜寿又及

平如：

信已收到，张湧托买鞋子，等你钱寄来再买，因这个月我工资只 10 余元，除买米买菜外，没钱多，我看病都未去，等过几天再去，吃中药要自费。

上海因是"四人帮"老巢，所以也特别忙，外滩大字报和漫画多得不得了，南京路也很多。"四人帮"的确太坏，这次真是大快人心，大字报揭发，他们的罪行看了都要吓一跳。光财贸组负责人王金海家里就抄出人民币 27 万余，黄金两百多两，人家讲他除了老婆是国产，儿子是土产，家里的东西全是进口货。假使"四人帮"掌权，我们国家还得了，今天又要游行了，解放军接管上海民兵，上海 10 万民兵今天在人民广场开会。你看了北京的庆祝会电视没有？天安门上一片团结欢腾的气氛。紧接着就要抓生产了，我看你们的问题这次可能得到真正的解决，因以前两条路线斗争，受了"四人帮"的干搅。

乐乐有信来，寄了他朋友的照片。听乐乐讲，她父母不同意。这女孩子和她父母闹僵了，所以我叫乐乐多考虑，反正年龄还轻。

我身体还是不好不坏，吃中药也不是很快就会好的。我这两天上全日班，有时吃力也就做半天，头还有点昏，我吃中药不是补药，因医生讲一时还不能吃补肾药。

你们现在情况如何？抓生产工作一定要忙起来了。你一定要当心身体，不比以前了，不可硬撑，以后解决问题尽可能要求回上海，看形势吧！

（下缺）

爸爸：

好！

好久没给您写信了，您的来信于昨下午收到，知悉一切。

今准备把几份英文报纸寄上，故顺便写一信。关于我的工作问题，原传说要等到我校下届毕业生安排后，他们原准备在9月份全部分配完毕，后因方案未确定，一直拖到这个月月底分配完毕，所以我们可能要等到11月份才有眉目了。分配去向据一些同学向熟人打听，可能都是卫生局在郊区的一些单位，如上次几个同学分配的精神病分院，还有可能如金山石化厂等，总之都比农场要好得多。其实我也不一定就是要在市区医院，只要医院专业较好，业务上有盼头就满足了。这些也都是听说，究竟怎样还要看实际情况。但今年年底内希望很大。我目前仍每天看一些英文阅读材料，听听广播。但可能不是正规地、全面地学的缘故，我现在一般英文翻中文倒还行，但要将中文翻英文就不行了，语法结构及语法的应用都不行。现在上海自学成风，新华书店一些数理化的书都很紧张，这些都是过去从未有过的。今天报纸上已公布了今年大学考试招生办法，上海有很多青年，特别是些工作单位较差的，都在积极准备考试。

乐曾哥有信，说他们电影放映队到九江慰问，顺便上了庐山，游玩了南昌等地。国宾哥处昨有人来沪出差，我们托他带回给国宾买的一只小表，钻石牌，也了却了一桩心事。

婆婆身体大有好转，希曾的电视机也快装好。春节前一定能看了。家中一切都如往常。勿念！

祝身体康健！

儿毛头

10 月 21 日

平如：

　　前天 10 日曾寄一信想收到，今天 12 日还未收到你的信和钱。这个月我未曾收到你的信，心中非常焦急，不知你身体如何？从未这么久不来信，就是收到你叫我给张湧买鞋子的那封后，就未再收到来信了，是不是当中又遗失过一封呢？每月 9 日—10 日两天一定可收到你的钱，怎么 12 日还不见寄钱来呢？所以心中万分不安。因为信又久不来，而钱又没按期寄来，两件事连到一块，所以我就非常不安，不知是否你身体不好。希曾谈的朋友，想想也不可能，这种事不值得大气，我当时气，现在一点也不气了，希曾也是一样。

　　你们情况如何？你身体好吗？花生米买不到也就算了，油能买到就买，买不到我们上海用肉票买肥肉熬油也可吃，不必急于去买。你一人在外，信不能隔得太久来，否则我们要焦急的。本又想打电报问你，因我曾生病，恐怕你听到电报要吓着，所以不敢打。

所以你收到信，马上回信，我们家中都坐立不安！因平时你不会这么久不来信的。余再叙。

祝你健康！我身体好多了，勿念！

美棠

11 月 12 日午

爸爸：

您好！

13 日信收到了，由于自己比较懒，所以很久没给您写信了。

关于小琴的事，主要还是由于我们的性格不同的缘故。小琴比较活跃，喜欢讲，而我则话不多，所以平时相处也不能十分融洽。这次收到小琴信后，我也回了一封信给她，就说自己不能如她所希望的那样能说会讲、善于应酬，同意她的顾虑打算，今后大家各走各的路。她的信也并没有给我很大的震动，所以请爸爸也不必不愉快。

还是讲些我的近况吧。我自读书后比原来在车间里要舒服得多，原来在小组里做生活，工作不重，但每小时也有定额，我们小组里的老师傅关系虽较好，但都是 30 岁以上的，而男同志只有三个，她们平时谈的多是怎样吃、怎样穿，我是毫不感兴趣的。再加上我是质量员，而我们的产品是新产品，质量还不稳定，一些人生活做得不合格，同她们讲了又要不高兴，不合格的出了厂，人家要退货，技术组也要我找原因，处理解决。现在两天一套规章制度，过去质量员脱产抓质量，现在大家一样做生活，兼管质量，这怎能搞得好，干这事容易同一些人关系闹僵，我也很感头痛。所以这次出去读书，这些事都不管了，随他们去。

我们班里的一些同学，大家也很谈得来。我们这次读的是"自动机械短训班"，内容有：自动机械（机械手之类），晶体管电路，数字脉冲电路，电工……共八门课，一天上七节课，六节主课，一节自修。上下班时间与厂里同，但中午休息有两小时（厂里只有三刻钟）。为此，学校支部曾要求我们中午休息一小时，另一小时为自修课（因厂里一些工人有意见，说我们做生活很吃力，也只有三刻钟休息，而他们读书很轻松，倒有两小时休息），但老师不同意，说照他们学校规定，中午休息要有两小时半，现在已经少了。这些老师是属于局工大到我们厂来开门办校的，厂里不能管他们，对此也没办法了。

我们这次读书，主要是搞一条自动流水线（自动装配电位器）。这个产品是属于我们车间的，所以以后如果自动线搞成功，我们回去后可能不回小组，回车间搞这条流水线的维修保养（我们车间读书的共有三个），另外搞些技术革新，其他机械设备的维修等。我想，如能这样就较好了，自己能学些车、钳、刨这些金工活，学些技术，比坐在装配桌边要好得多了。具体怎样也只能以后再讲了。

昨天上午毛头学校里的老师同里弄干部又来过了，还是动员要去崇明，现在他们只承认——

注：此信只到此为止，其下页缺失了。

2010 年 4 月 22 日

平如补记

平如：

11月24日信收到了，7元也收到了，勿念！

今天佩芝妈妈来过，讲小陈爸爸去宜春住了一晚，昨晚到上海送来四只冬笋、四斤橘子。国宾托他带来：四瓶蜂王浆腔囊丸，一瓶肝B12药片，一盒人参养荣丸（蜡包十粒），一瓶参桂鹿茸丸，都是补品。我准备先吃蜂王浆，其余以后再吃。因我近来胃不好，吃东西后觉得胃胀。前些时中医讲，要胀胃好了，才能补肾，所以我暂不吃补药。下月开始别人让我吃一个月牛奶。因牛奶订不到，别人让一个月给我，4元3角4分，我就吃一个月，因别的没什么可营养。鸡蛋一个月一户只一斤，肉每人两斤，油不够还得熬油，鸡鸭太贵，还得半夜排队，所以吃一个月牛奶看看。

我前些时写了一封信给管姐，不过我事先没同希曾讲过，我想讲了希曾也不会响的。前天韶和来，我谈到这事，希曾在旁听了，讲"你又瞎搞"。所以不知他到底同意否。这人太不爱响，摸不透他到底怎么想法。

前天收到乐乐一信，今附来给你看。乐乐信中讲小林买了十余斤橘子，想托小陈爸爸带来，但拿来只四斤，可能宜春东西也紧张。小陈爸爸只在宜春住了一夜，买不到什么，国宾只好将橘子和冬笋全送给他了。这样也对，我并不计较，我们常吃他们的东西，也很不好意思。

我曾去信问乐乐什么时候回上海，是否有探亲假。下次我会去信叫他不必买什么，带点冬笋来送送人算了，有黄豆就买点来，因大家爱吃。

你今年回来，只要买一只大母鹅和几十斤鸡蛋，或者有去年那种大虾就买几斤，送两斤给小陈家。因她爸爸爱吃酒，好下酒，什么羊肉狗肉都不要买，他们不爱吃，今年也可简单点。板鸭太贵也不要买，若没有大虾就买一只送小陈家，自己不要。有一只大母鹅做白切鹅很好。

我身体会当心，勿念！

毛头的问题，昨天他几个同学来过，别区未有这种填表格情况，南市区只叫他们开了两天学习班，有的区没有动静。有一个女同学本来是大丰农场，当时她家两工一农，现在她妹妹去年分到农场，这样就两工两农了。她去街道讲，街道讲你属于第二类。怎么叫第二类，我们就不懂，不过分派今后怎样，我想各区都是统一的，所以再看看情况，因有的同学（别区的）还没有动静。

天冷了，你自己保重为要！余再叙。

祝你好！

美棠

11 月 28 日

上海这几天又晴和美、听说西藏已下了雪
你冷吗？我总惦记不安。望你保重！

我的身体、胃也不胀、腰仍有时发疼、
但未去看病（还）也是这样。我这病多年了、
不必去以为是胃病生了、总会腰疼的。
我会多加小心呵体。谢谢你地所寄来的好牌
皂粉。和牛奶、胃也巴好。勿念！

　　　祝你

健康！　　　　　　美寿上、12、11日晚

平如：

　　我前几天去地段医院看病，因检查尿总是有红血球，医生给转到中心医院做进一步检查，做了"尿中段"和"尿培养"，并拍一张片子。昨天去看片子，报告单上面写"两肾轮廓显示模糊，两输尿管经路及部分膀胱区无异常发现，本片见腰椎各骨组织有脱钙现象，下腰椎向右侧突"。拍片是恐怕我有肾下垂和肾结石，但这些现象都没有，椎骨组织有脱钙现象，医生讲这与年纪大了有关，但是否是慢性肾炎要在下星期三看尿培养报告单才知道，不过我现在就是腰酸，腰椎骨酸疼，胃不好，满口牙齿有点疼，尤其是吃过冷和过烫的东西时。毛头讲"中医讲'肾生骨'"，我可能还是肾亏的关系。

　　姆妈前几天在房间里跌了一跤，年纪大了。前两天人有寒热，左腿和左肩痛，不能走路。毛头给她吃退热片，配了伤膏药，热度没有，已好，但还不能走，睡在床上，全是毛头照看她。

　　前天接佩芝来信，今寄上给你看。本来国宾这次可来上海读体育大学，但名字给地区卡住了，可能又是成分关系，也没办法。不过来读大学，今后又不知分到什么地方，何况又拉上一个佩芝，两人不分在一个地方也是一个讨厌的事，只好算了。

今年两人回来，除了路费好报销，也没什么钱。这次国宾他们去临川走了一趟，恐怕用了不少钱。他可能还向乐乐拿了钱。乐乐几年没回来，来上海可能还要做点衣服，所以也不会宽裕。今年大家回来被褥也不够，还想添置一条被褥，否则没法睡。

今天很冷，昨天下了点雪，明天气象报告说要到零下6度。安徽也一定很冷，你自己保重为要。余再叙！

祝健康！安好！

美棠

12月26日午

美棠来信

1977

我们一家人

子曰：「君子之于天下也，无適也，无莫也，义之与比。」

——《论语·里仁》

一九七七年的通信

二〇一〇年
五月十八日畫
平如

平如：

今天礼拜天收到你寄来的 18 元，勿念！近来是特别冷，比去年冷多了，你那里一定更冷，你被子旧，我真担心你冷，望你当心身体。晚上可冲一个暖瓶放在被子里，可好点。

我身体去检查，超声波也做过，是肾下垂，内脏也下垂，所以胃胀，没药可治疗，只有多吃脂肪和营养，目前不易办到。因肉限制，买奶油点心吃也没这个条件。我的工作一天坐八小时，所以也难过。医生讲多睡睡，最好吃过饭后睡睡，这都是办不到的。

希望你问题能早日解决回上海，我身体不好，也可提早退休。我相信根据目前形势很有可能，现在没有"四人帮"干扰了。

今天碰到国宾宜春一个女同学的妈妈（也就是以前对国宾很好的女同学），她每次看见我总是很热情地喊我，她今天对我讲："申曾有信来吗？我女儿来信讲，申曾本月 5 日去报到了，是宜春某区体育学校，两年后毕业，担任中学体育教师。"但我至今未收到国宾来信，我想这两天也许可以收到他的信，读书只有饭钱，穿衣零用都没有，不过两年后毕业任中学老师，工资比小学老师可多点，工作也轻松，只好算了。

　　毛头一个同学，以前和他一样分在一个农场也没有去，他爸爸是劳动局的人，这人亲自听到的，说毛头这些人，只要学校报上去的人，在今年第二季度仍由卫生局分在各医院。卫校有三十余人未走，一半是崇明，一半是大丰，崇明的都是条件比较硬的，依旧是有点困难的不去。我看我们也算是有困难的，多的日子也等了，这两个月后能分配好就好了。今年卫校分配得很好，两工一农的条件也都是上海医院。

　　乐乐久未来信，也不知什么原因，也不知和小林关系如何？因小林以前也有一个朋友，也是上海去插队的，后来抽到上海来读科技大学，今年毕业，去信叫小林来上海玩，小林将这信给乐乐看，并讲去信拒绝，并告诉他已有了朋友。这人也是乐乐同学，因他父亲出国"阿尔巴尼亚"，小林的父母大概很满意他。

　　大经粮票给寄去了吗？你讲回来带鹅干，是咸鹅吗？最好是雌的。你讲你肉票送人了，你不能太刻苦，酒不吃倒不要紧，肉一定要自己吃。你现在太刻苦了，身体不好，年纪大了，身体一天比一天要差的，千万当心。我准备打一种胖针，毛头讲打这种针不是一打就胖，要同时吃营养，这种针是促使营养吸收的。我想春节到了，总吃得好些，那时我再打，这种针要自费，每五支 2.8 元。好，再谈吧！

祝你健康！愉快！

美棠

1 月 9 日

妈妈：

好！

久未给家中来信，前段时期到了抚州，事情较顺利，回来即碰到上海×事情。从抚州向宜春第二天，公社通知我报考学校，到了县里，县文教局推荐我去上海师大体育系。到了县里，我的成绩在全地区最好，上海师大的招生人员见此情况，马上要我的材料给他们。我当即回县文教局，把情况与负责同志说了一下，材料马上搞好。不知怎的，到了地区招生办公室，说我的情况不是推荐名额，不能考虑。在边上的江西师院招生人员见我的成绩情况，也想要，但地区不肯，没办法。原地区安排我在宜春师范，如果说宜春师范能去的话，为什么上海师范就不能去？肯定地区有人走后门。但是没办法，江西这地方开后门成风气，理所当然的。所以上海师大未去成，师大的招生人员对我说"没办法，你地区不肯放"。都觉得惋惜。我总觉得去宜春师范没意思，不怎么想去，但没办法，公社意思已经批下来，就是要去，不去以后招工也不考虑。想来晦气。5 日我就到学校报了到，这个学校就是原先的宜春大学，后改为宜春师范，学制两年，毕业分配方向除少数一部分去机关部门、学校外，基本上向地区各中学输送教师。今后自己的命运就是这样定了。这次上海未去成，想来伤心。而今学校每天六节课，晚上两节自修课，生活很紧张。下个月初，就要放寒假，具体是否返沪，不能确定。这次乐曾月底返沪，可能给家中添麻烦。我在校两年只有生活费，一些日常生活用品、零用钱，每月只能从乐曾处拿一些。我没想到这辈子还要读书，年龄还这样大了，总不可能去做工人。毕业要 27 岁了，不去想了，总之不合自己理想，想想晦气。

好！就此搁笔。

祝新春愉快！

儿申曾上

地址：江西宜春师范 78 届体育专业

元月 21 日

平如：

　　昨天收到你7日来信，15元也收到了，勿念！

　　昨天毛头一个同学，老师和他讲，叫他去近郊精神病院，他不去，他要市区。这次不是一批分派，作为调整，一个个来。不过毛头讲，能够分到市区当然好，若是郊区也就算了。郊区没有什么好医院，只有传染病院，麻风病院，等等。到分到什么医院再讲。

　　希曾新认识的可能会谈下去，假使女的要25岁结婚，希曾已32岁，不过我们有房子又好点。相差太多，结婚晚了，又怕夜长梦多。

　　今天星期日，我们吃菜馒头，因青菜多了好买。国宾久未来信，我准备去封信问问。现在学校都抓紧了，不及格不能满师。这样好，否则太不像话。

　　我好，勿念！牙齿还是那样，没有办法。你自己当心，勿念！

　　祝好！

美棠于

4月10日

平如：来信早收到。由于这天每晚加班。因二月停电两天要还。每晚加班半夜4天加到0。下功夫还每天挤出学习毛选五卷1小时。你叫他一定要学习的。

今年要加工资以65车以上的可加，低二等的限。使我们车组要不属于国家计划内。但也可加，所以可有希望。加多少不知道。

毛头号我分捧5个是搞病退的。希是接他病退还有些人也可能分。可能一批以9以8分。只好看情况。等他工作分快就好了。

×X昨天向哥哥节来的信我也看，自打针后今天好点。去挂12号次去了。他朋友也来东海，有一批也去中班。他中饭后到我们家来。希望不在家里。一小时干。他讲述昨天的结果的。也没生什么走。周希望不在家。他等希望回来后。

这人皮眉白脸肥胖好看。秩大也太老实。还不错。不过希望这人不爱走话。每晚好几天见去去。休息天（星期二）我不在家不知他去没去。有别人年轻人一起一块。在外面迟吗话。他这人也许身体不好不爱动。不像我那人，爱说爱笑。不知何故。你来信慢讲讲

你还责想好腿不度人吗？滚水喷漾巴做吗、
你另少搞调保层。写。很草今天了不要也手动
上海周肉供剂每人两元肉责不经吃,责责
除了责菜纸、别的没什么,为省货号早排队,
互别品鱼10天又4分钟,而以责们很贵你
除责责没什么可吃。你们倒小买得黄鳝上
海看都没看见。五一节又增加每戸1斤奥,巨
是冰冻的刀奥,真鲜味都没有。现在丁里
吃食堂也废肉责。每搞25斤很雪的伙食,也
我是全部搞伙。每月废肉责1之4角,本责
有些人吃食堂还可以吃责肉。现在也不行
了。我们五一买了两斤多肉连今天有了三天
搭不得多吃。你每月两斤肉自己吃,吧,责
乾不多。我是排队也是一少月买一次。一次买
责肥以起快,搞的一半川汤,一半也烧吃
两天,菜呆也要买。我身体比去年。好
你不处惯吧。自己当心身体为要。
            祝
68：   美字 5-3日

申曾小学毕业照

申曾 72 年摄于江西插队农科所

顺曾（左）希曾（中）乐曾（右）

顺曾（左二）1973 年和中学同学
游玩上海动物园合影留念

顺曾摄于70年代的报名照

顺曾摄于新永安路家中

顺曾摄于1974年,
上海市卫生学校
毕业留念（后排
右一为顺曾）

妈妈：

好！

来信收到，因近来学习任务甚紧，下个星期就要期中考试，所以都忙于自修、复习，故没及时回信。

这次新坊的招工，主要考虑70年以前下乡的，去的5个知青，4个68年下乡的，1个上海知青，这个知青，据悉公社的吴福生收了她家中毛毯、的卡之类的东西，价值200多元，无怪要考虑她去。所以也就没轮到小陈姐妹们了。据悉公社在考虑小陈姐姐，乐乐去水电站。这情况是这样的，主要筹建工作，结束后留用，转正一批知青，不是去了，都能转正。乐乐似乎不怎愿去，还不如去公社放电影。公社认为知识青年问题总要解决，你总要走，还不如先考虑，换一个中农子弟来学这技术。

小陈可能场里叫她去新坊搞裁缝工作，因县里拨了几架机子，场里打算增加收入，所以打算在新坊办个农务小站。这样的话，工作轻松些。

自己的情况，就是学习紧张，另就是家中是否寄一些钱来，实在没办法，上几个月都是小陈、乐乐给一些钱零用，经常去拿不怎好，乐乐而今只发生活费，自己每月 16 元 5 角伙食，学校都发饭菜票，没有一分零用钱，这次学校帮我们买一套运动衣要 16 元，自己就算家中能寄一些，小陈处我再去拿一些，总之，读书不是个味，不是为了个编制，还要吃两年苦。

别的没什么，毛头工作解决否！爸爸常写信来吧！好就此搁笔，学习实在抓得太紧，不是测验，就是考试，弄得自己头脑发涨。

祝好！

儿国宾

77 年 5 月 14 日

于师范

平如：

　　两封信和 20 元都已收到。由于天热，今年上海特别热，热得晚上没法睡，倒是上班有电风扇还好点。

　　昨天下了一场暴雨，大家都早睡，因几天来都未睡好。今天天阴稍觉好点，怕你惦记，抽空给写几句。

　　昨天希曾休息，小乐来吃中饭。天热也没买什么，一只咸鱼，一只番茄蛋汤，一只红烧小排，一只豆角。因不知她回来吃饭，一只小排，是临时去买的熟菜。

　　今年天虽热，而我身体倒好点。牙齿由于天热也不太疼了，喉咙也好点，饭量倒不错。我们身体都好，可勿念。

　　你灰指甲我问过不少人，都讲吃灰黄霉素对身体有害。韶和也有，他是用醋酸浸（医生配），连浸三个秋天，每天浸一小时，要有恒心，不要半途而废。所以不要吃灰黄霉素。至于腰疼，可做体操或者买瓶药酒吃（天冷吃），云南白药，家中有一瓶用过的，以后有人带来，外面不能买到。

　　小红碰到佩芝妈妈，她讲："接国宾信，说佩芝已分在公社卫生院，做妇幼员，进去 29 元，一年后 34.5 元。"也好心定了，就是许久未接乐乐信，很惦记。

关于欠房租事，黄浦区还未开始，为此事我很不安，不知会如何解决。

有些人讲实际困难，工作单位可作为补助解决一部分，我又没单位，生产组算什么单位，只好到时候再看情况。

天热，你自己当心身体。听说安徽宋佩璋要下来了，万里代省委书记，这人不错。

不多写。

祝你好！

美棠

7 月 13 日

（小照片一张）

平如：

来信早收到，由于天热未及时回信。我们好，勿念！

黄浦区关于欠房租事已开始了，我也收到通知去开会，并和毛头一块去房管所*谈过，将我们这些年一切情况谈一谈。欠租的人很多，不过数字一般几百元，我们有 1254.87 元，数字很大，所以我一直很不安，怕缩小房子。因我们人少了。那天接待的人很多，都是气势汹汹的，教训人，和我们谈的一个人倒好。我讲本准备小红满师就开始付，但正值插队的孩子返沪，所以直到他们走了，5 月份才开始付房租。他问我今后作何打算，我讲保证按月付租，老租每月还 3 元。他讲叫我打一个报告，叫组织上盖章证明，可能吃补助时的欠租可以减免。我问他怎样免法，他讲我尽量给你们争取。许多去的人都讲这人很凶，但对我们，我倒觉得不错，一方面上面有政策，另方面见我们态度诚恳。后来我打了报告，联管组盖了章，小组长给送去的，但和我谈的人叫我交给他，我只好自己又去一次，问问他是否

---

* 1960 年代私有房产没收，由房管局统一出租给无房的工人阶级。有一些还是分配给之前的租户住，但是房租交给房管局。饶家此时居住的房子就属于此情况。

收到，并告诉他，不是我自己送来的。可是我没找到他，却碰到我们这段的房管员，又问了我一些情况，并问我家里有多少人，房子有多少平方，这样我又担心，怕缩小房子。现在只好等着，看如何解决。

上海这两天有台风，又凉快点，下月7日就立秋了。前两天热闹得很，欢呼三中全会胜利闭幕，邓小平同志复职，人民都很开心。国外对他的评价也很高，今后我们的国家在华主席和他的领导之下，一定会很快地好起来。你们那里想必也很热闹吧，我们还去游行，我因身体不好未去，但别人讲下次一定要去。

好，上班时间到了，再谈吧！你又一定在盼望我的信吧！

祝好！

美棠

7 月 26 日晚

平如：来信和钱都收到了。我们过年也买了肉和一只鸭子。不过鸭子没鸡和咸鹅好吃。过年是吃什么肉。在家休息三天也不知忙些什么就过去了。

三七粉伤送给郑昭克了。也好，这人孤单也很可怜。伤膝好些吗？家中送这三七粉是真雪春？是芝草炖了两碗。但大块草是头次买的，你知和看是不是这种样子？他一次服多少？是不是一两炖一两碗。你要些他的吃法吃才对。

我家中还有杜仲等药，托人从营业中买来的。你也可吃。也可炖两碗吃。你回去再讲吧！。

和你来信去九江寄去了，他将会到九江后。大家一块去庐山去玩了。

妈妈好多了。我也放心不少。但不能起床走动。让她多在床休息一下也好。

《捣蛋的猫》

平如：

　　来信收到（10 月 25 日），知悉一切。上次毛头寄上一卷英语报纸。我近来较忙，由于小组指标未完成，加上厂方学大庆*，产品增加，所以我们每晚加班，人也疲倦，回来就睡。

　　你腰好点，灵芝草已买好浸好，回来可吃。不过你仍要当心，天冷了棉背心一定要穿。

　　国宾给佩芝买的手表已托人带去，还未收到他来信，这人真糊涂，你顺便给他一信，叫他好好学习，今后分配工作，也要看成绩的。好，再谈吧，收到花生米再给你写信，已附上二十斤粮票，不知可用否？

　　祝好！

美棠上

10 月 30 日

（照片 2 张 +3 张）

---

*　1977 年 4 月 20 日至 5 月 14 日先后在大庆油田和北京举行"全国工业学大庆会议"，会议代表 7000 多人。中共中央、国务院授予全国大庆式企业、全国先进企业称号 2126 个，授予全国先进生产者称号 385 人。这次活动的背景是粉碎"四人帮"后，整顿企业秩序，拨乱反正，加快工业发展。

平如：

昨天收到你的信，知你花生米已寄出三包，我准备给饶师母两包。你也不要再寄了，春节再带回来吧！

我昨天收到房管处通知，和毛头去过，十八年多欠租，他讲大概只能免去十年，其余欠租要定计划归还。除去十年，租金算算还欠 570 余元。他要我一次拿出一笔数字（多少未讲），其余从 78 年 1 月开始每月再还若干，我没同意。因一次要我们拿出一笔，我们怎么拿得出？他讲若不同意就不考虑减免，要我们回来商量再讲。我们回来大家讨论了一下，准备答复，他可以免去十年。因 58 年到 68 年十年中我们吃补助，希曾 68 年 11 月参加工作后，因联管组要扣几个孩子的助学金，每人生活水平 9 元，希曾拿艺徒工资，一人除外，家中还有 6 人，我工资 26 元。但是那时孩子的助学金要从补助中扣掉，孩子们助学金共计 29 元，比较一下还是助学金多，所以就放弃补助了。所以这一段时间应该算我们也是吃补助，如果算吃补助就不止免十年，应该免到希曾满师。所以我准备去时讲明情况（我已讲过），再次要求考虑。至于一次拿出一笔，我们只能付出今年前四个月的欠租 20 余元，其余的钱，78 年开始每月付两个月房租（12元），再多我们无能为力。我们工资传说也要加，像我可能加 6元一月，从 10 月开始加，这样我在 1 月份可拿到补发工资 18 元。再加上两个月房租，1 月份要付出 36 元。你若能拿到补发工资，这样就行了。不过今后房租和欠租，每月由组织上在工资中扣除，我会由我工资中扣，不要弄到孩子们单位去影响孩子。

今天陈仪华带她小女儿来我们家，她因经济条件好，一点不老。一个小女儿 17 岁，很秀气漂亮，不像仪华，大概像她爸爸。她带了一本彩色胶卷拍的许多照片，她有两个女儿一个儿子。还有一个你想不到的人，这天也来了，你猜是谁？是以前大德医院的医生戴宏道，这人还是以前那种派头。据仪华讲，他"反右"时犯错误到宁夏，后退职回上海，现在没有工作，生活依靠在海外的妹妹。他又结婚了，爱人是资本家女儿，并有外汇，所以他今天来，我们房子里的人都讲我家来了华侨客人。

毛头学校老师今天来过，讲这次要分配，要我谈谈情况和要求，我讲了一些苦难情况，以及老弱都需照顾，希望能分在上海市区。毛头要求业务性强的医院，但老师讲早出晚归不可能，我们要求尽可能照顾，至少能在郊区市属医院。老师对每家同学讲的话都差不多，她总强调市区不可能。我们则讲，我们做好两手准备，希望学校具体情况具体对待，学校也不希望他们留下来，我们做家长的也不希望他们留在家里。这次分配至少比上次好得多，总算没有白等。何时能拿到通知单还不知道，大概通过家访，摸摸底，总快了。

花生米三包都收到，我给了饶师母两包，收钱了，3.78 元。以后不要再寄了，春节带回来吧！

今天去房管处，因星期四干部劳动没人，明天再同毛头去一次。

线衫一件查收，棉鞋也已做好，你回来穿，就不寄了。今年回来又得将被面和夹里带回来，家里不够。

天气冷了，你自己当心，棉背心可穿，怎么你总不穿呢？

佩芝来信，经检查她又心肌损伤，想回上海治疗。乐乐来信，讲考试录取希望不大，因基础太差。

我们好，勿念！幼幼在 6 日已回南京，我也一点空没有，所以至今才回信。余再叙！

祝好！

美棠

12 月 8 日晚

戴医生讲写给宣传部，因出版工作是属于宣传部，统战部和宣传部都是新近成立的，文化革命中是没有的。信写得简单扼要一点。

平如：

挂号信以及另外两信都先后收到，统战部和宣传部信已发出，只有出版局没写，现在没有这种机构，上海只有人民出版社，别的都没有了，听说出版局今后还会有，只有再讲了 *。我想等明春全国人大开后，政策明确后，我再根据当时形势分别写信，并给你们领导也写一封。这次写的信只增加"伪中央军校毕业，曾任炮兵连连长"，并讲你于"56 年加入民主同盟"，别的没改什么。

时间快了，还有一个月的样子，你又快回来了。上次饶!师母的三十斤全国粮票我在上海已还她了，你处的三十斤是我们自己的了，你可用来换蛋，听说这种粮票比市粮票高一半。尔看情况用吧！黑木耳若有，可买二两，太贵不要。

接乐乐和小林来信，他们已考过了，希望不大。听说徐州插队青年，家里有三个可回来两个，两个可回来一个。不知是

---

* "文化大革命"期间，上海市出版局和各出版社被合并为一个大社，仍称"上海人民出版社"。"文化大革命"结束后，上海出版系统恢复原建制。饶平如劳教之前在上海卫生出版社工作。

否全国一样，否则乐乐可回上海。

毛头学校通知还没来，也许下个月可来。毛头一个中学同学是上海培训艺徒，也是毛头那年分配安徽未去，昨天已拿到通知，仍回原培训单位工作。

毛头今天到同学家去过，听说去金山可能性较大。当然能照顾去市区是再好不过，等通知来了即来信告诉你。

佩芝也来过信讲，经检查有心肌劳损，想回上海治疗，可能春节回来。她姐姐搞病退，林春芬帮忙（因小林现在乡办工作），江西已准了，只等上海批准，就可回上海了。

希曾的电视机快好了，元旦可能就能看了，孩子们很高兴。因元旦有很多好电影要放映，像《野火春风斗古城》《满意不满意》《霓虹灯下的哨兵》《十五贯》等，都看要不少钱，而且票子也不大买得到，这样我们家自己都可看了，连姆妈也能看了。就是到了晚上大家事业不想做了，都围在电视机旁。昨天三毛一直借来给我们看国际新闻，我觉得比故事片好看，是放《世界各国》，放映加拿大的一些成就。他们的人行道也是自动的，真有趣。他们的电影院有七层楼高，下雪天每人都有一部雪车，真好，他们科学技术真发达。

上海今天冷了，明天零下 3 到 4 度，你当心身体，祝你健康！

（附小林一信给你看）

美棠

12 月 25 日圣诞节

美棠来信

1978

我们一家人

一九七八年
的通信

子曰：「予欲無言。」子貢曰：
「子如不言，則小子何述焉？」
子曰：「天何言哉？四時
行焉，百物生焉，天何
言哉？」

平如

平如：

12 月 25 日信已收到，我在同一天也有一信给你，想来也收到了。

房管处到现在还没有回音。我答应等我加的工资补发后，将 77 年的四个月欠租一次付清，今后每月付一新一老的租金，至于免多少，望根据政策以及我们地情况给予减免，看怎样回答。你所讲的人，有四个务农，可能长期吃补助，根据政策只能减免吃补助的一段时期。只希望你问题能顺利解决，回上海工作，别怕，问题都好解决。

接国宾信，他春节不回来了，到同学家过年，叫我在 1 月 20 日寄些钱给他。我只好在 20 号给寄 10 元去，也应该寄去，春节期间在同学家过年，总要有些钱在身边。所以希望毛头工作通知这个月能拿到。有人认识劳动局的人，说劳动局已将名额给了卫生局，学校安排好了，再送上劳动局（这是手续），但学校现在还未将名单送上去。劳动局的人讲，学校先将学生名单送到劳动局审批，劳动局已批好送卫生局（并说名单中有毛头名字），现在只等学校送上安排好的名单，送交劳动局过过目就行了。

　　你的工资调整后可能春节前也会补发，从 10 月份补起，这样就买十斤猪肉。上海凭肉票要 0.98 元一斤（不过没有头），听说有时外地带到上海来卖，要 1 元 2 角或 1 元 3 角一斤，是一只腿一起卖，约十五六斤一只腿，但不大敢卖，要捉。

　　希曾一只电视机已可看了，我们这几天每天晚上看，昨天看到十一点（昨天放到一点钟），因元旦关系。节目有电影明星朗诵，王丹凤、董宗英、白杨、秦怡都出来了，就是一些邻居来看，实在不大好。二毛家他们不大去，我们家都爱来，小红讲："爸爸回来他们总不好意思再来吧！"今天元旦，这几天节目都不错，像《杨门女将》《霓虹灯下的哨兵》《熊迹》《春天》，还有文艺晚会。现在电视节目还有电视讲座教数理化，英语、法语、日语都有，许多人家都要买电视机给孩子们学数理化，所以电视机紧张，买不到。

　　你回来快了，还有一个月的时间。上海专用券和布券用到了月底，我们还有不少，只好到 3 月份再讲。今年不发专用券，改为工业券，每人 15 张，只有专用券的一半多，等于少了一半，所以我们不能送人或放弃，到那时想办法卖掉。毛头和小红要买绒线，希曾也要买，乐乐也要，若有钱，这点券简直不够用。条件好的人，一大家孩子为了券会有矛盾。好，不写了，我还要忙于包饺子，孩子们都不愿动，他们在看电视。

祝好！

美棠

1978 年 1 月 1 日元旦

平如：

来信收到，知你厂里一切顺利。国宾也都有信来，我们也一切照常。你走后我将欠的日期加了四个夜班，也都还清，今天休息，又是星期日了。你离家后已一个礼拜了，你走后家里又冷清了，又似有点不习惯了。这几天小红和希曾回来较晚，因要庆祝人大闭幕和总理八十诞辰，小红要游行，现在要开始排练。希曾今天晚上要去人民广场做纠察，今天是总理诞辰，晚上又要公布人大闭幕，张灯结彩，电视也要放到深夜。我们不出去看热闹，就在家里看电视了。你们也一定要搞活动吧，你也一定正在搞墙报了。

昨天送来一张条子，就是今后每户房租由工作单位扣除，上面也注明欠租数字。今后怎样处理还不知道，听说不久要搞结束工作，每月拨还多少，也从工资中扣除。现在我不去多想，到那时再讲。

昨天听厂里人讲，他们听报告，全国有九百万失业的人（包括上山下乡的知青），而退休退职的人只有两百万。这些失业的人要陆续解决。所以华主席抓纲治国，有些问题是会逐步得到解决的。

你们那里情况如何？级别工作已批准了吧！我们并不怎么关心那种事，主要是要彻底解决。

大经处有信给他吗？他回上海是完全可能的，就是年龄大了，是否还会安排他工作？他自己是希望再工作的。

我们今天又做馒头吃，免得麻烦，我们只做淡馒头，烧点粥。你走后第二天，天又冷了，你自己当心，我们好，勿念！

祝好！

美棠

3 月 5 日

平如：书信和元生书都收到了。毛头宽等上印刷品
一卷同时他信一封想收到。

前天收到科技出版社一封信，大家上徐海看
我们也知道他们是怎么快的。不过迟了比不迟好。
还有统战没给回信，我们的事统战部可以反映到
有关机构，北在也许政策已定下来他们不是执行
政策机关，当然目前不能答复我们。

毛头工作通知已来来，听说是神经分泌器工
不能年去应归。还有一个时候她是户口问题不能迁
到家里。还到居定对北上镇上，属于城镇户，不过
也没办法。最讨厌叫做去的人都是做些工，今后
是否为村为居工？居居工和莲工之资有区别。

我们好。晚上有时看电视，你走后没有出去
到电影。像蓝夫行钱的作8一类不好看。今天是
好排球赛。北京是三打白骨精已看过。

来信东拍口进学校了。叫我给买一只搪瓷
碗和一双布鞋。因有人来上海顺便带去。

你们的工资工资下月发也一样。60元我留等
20元去12两给买铺板向镇。已2仟元给寄宽

平如：

昨天收到你们厂寄来的一张喜报，表扬先进。现在为了提高积极性，上海工厂也一样，还要敲锣打鼓送上门。不过你们现在到底算什么呢？社会主义国家只有两种人，你们算哪一种呢？

上次出版社给我们一封回信，上面写的是饶平如同志，上面称我也是"同志"。你们的一张喜报上没有"同志"两个字，包纸上写毛美棠收，"同志"两个字都没有。并不是我们计较，因现在人民之间普遍都是如此称呼，我看你们厂方也不是疏忽吧！对这种事他们一定比别人重视。所以我想你们现在帽子没有了，两种人中到底算哪一种，连我们家人都有两种看法就更不合理了。

统战部还没回信，当然他不像出版局可以转给科技社，他的回信一定要具体一点，至少是这样。现在政策还未下来前，他不能给我答复，但我们是否有再去一封信的必要呢？你可想想看。

昨天乐乐处有人来，是病退知青。他没病，据他讲他家有六个哥姐，不久就可批下来。我们的一个碗柜可托他带来。国宾向小陈借了 50 元，想给希曾做一个衣柜。听昨天那个青年讲，江西木料很难买，买好还得做，不知能不能赶得上。他这次回来就带了一套家具，病退青年都自己带一套，他们都是早做好了。我早想过，最好能做一套，有便就托出来，万一托不出，以后国宾他们也可用，没钱就没办法。否则家里凳子也没有，这次机会多好。小陈姐姐没什么东西带，她们经济好，不需要在江西做。

这次寄来 20 元，就接到国宾来信，需要两条田径裤和两件汗衫，望马上寄去。我当即买好寄去了，所以钱也没法计划。

天气热了，你自己当心。母亲今年年初以来身体一直不好，咳嗽、气急、多痰，毛头一直给她打针、吃药，近几天总算好了。起床了，还是讲胸疼、腰疼，人太老了，我也很担心。

我们都好，可勿念！

上班时间到了，再谈吧。

祝好！

美棠

4 月 13 日早

不久就可批下来。我们一个碗柜可托她带来。国宾向小陈借了50元，想给希曾做一个衣柜。听昨天那个青年讲，江西木料很难买，买好还得做，不知能不能赶得上。他这次回来就带了一套家俱，病退青年都自己带一套，他们都是早做好了。我们因没钱，想是早想到的，我早想过最好能做一套，有便就托出来，万一托不出，以后国宾他们也可用，没钱就没办法。否则家里凳子也没有这次机会多好。小陈姐姐没什么东西带，她们经济好，不需要在江西做。

这次寄来20元，就接到国宾来信，需要两条田径裤和两件汗衫，望马上寄去。我当即买好寄去了，所以钱也没法计划。

天气热了，你自己当心，母亲今年年初以来身体一直不好，咳嗽、气急、多痰，毛头一直给她打针、吃药，近几天总算好了，起床了，还是讲胸疼、腰疼，人太老了，我也很耽心。

我们都好，可勿念！

上班时间到了，再谈吧，祝

好！

美棠 4.13.早

（此信原来写在"晒图纸"的反面，即蓝色的底子上，复印后，字迹难以辨认。故我重新抄一遍。）

平如注

2010年4月9日上午

8时35分

相距整整三十二年矣！

（尚差4天）

来不便向二毛借。再讲要是什么另件。另件有很多不同型号，没有线路图，拿去也无用。只好将以上情况告诉他。以后能买到定给买来。希雷主向电视机型号是"903"叫9的3。不是903，有不少型号。

为余手机费已买到小五金处理品叉级壹前差的伤252.70元，壹60塔司的便宜13.3元，等他寄保了给带去。这以大毛头希富当1坑之。

关于张和根借钱一事当然不便拒绝他，等他还了再寄来吧。我欠希雷30元，他讲要买细绒线接衣服，利民的钱尚无法寄还，只好再等到6月份吧。

你灰黄霉素最好不要吃，可吃药酒，放冰糖进去浸，桂圆要用滚开水洗洗，花生米不要吃烂的，留点好的吃吃。

我们好，勿念！今天碰到四楼丁复苏，他说他有几个油壶在吴大用处已两年了。叫卡车司机给他带回，因都是别人的。他说有封信附在我们信内。我说你和他不怎么接近，不过有信我可以放在我信内寄去，叫我爱人交给他。

你自己身体当心！余再叙，祝

好！

美棠

4.25日晚

（2010年4月9日上午9时05分平如至抄，因原信写在晒图纸的反面，难以辨认出）

平如：

　　19 日和 20 日两信都先后收到，信中讲到副支书找你谈话，也许是关于最近右派摘帽一事＊。因上海有些单位已听过关于右派摘帽的文件，全国右派有四十万，未摘帽的尚有十余万，这次全部摘帽，摘帽后就是群众，不能像以前摘了帽的仍算摘帽右派。他问你以前有过什么言论，可能就是根据中央文件，凡是右派一律摘帽。不过今后历史问题可能也会处理，就如何处理不知道。上次 × 章农场一事，他们回来的人不是政治问题，是刑事犯，表现好的，家里摆不平，有种种困难。所以万一谈到家中情况，你要强调我身体不好，母亲年老多病，有一个孩子仍在插队，一个读书，零用、穿衣，一切费用仍要负担，二十年来私人债务不少，光房租就欠 1000 多元。房管处曾要我们定计划归还，我们实无法定，家中开支仍要两个工矿孩子负担。

　＊　1978 年 4 月 5 日，中共中央批准中央统战部和公安部关于全部摘掉右派分子帽子的请示报告，决定全部摘掉右派分子的帽子。9 月 17 日，党中央批发《关于全部摘掉右派分子帽子决定的实施方案》并指出，对过去错划了的人，要坚持有错必纠的原则，做好改正工作。到 11 月，全国各地摘掉右派分子帽子的工作已全部完成。对错划右派的改正工作到 1980 年基本结束。

　　可孩子都大了，大的已近三十，毫无积蓄，最小的女儿也 24 岁了，所以仍是很困难，家中希望我回去工作。一则可肃清影响，对孩子前途婚事都有利；另则一块儿生活可节省开支，给家里多挑些困难；三则爱人身体不好，也可照顾。可多讲些困难。

　　小红今天去看牡丹展览，和厂里一个同事去的。我曾对你谈过，他父亲是司机，他是独子，人长得有些像国宾，是小红车间组长，70 届毕业生，26 岁。听小红讲话似乎对他印象不坏，现在大了，根据我们情况，对象也不易找，因朋友少，别人介绍也是看情况的，她认为好，我也不便多讲。

　　你灰黄霉素最好不要吃，可吃药酒，放冰糖进去浸。桂圆要用温开水洗洗，花生米不要吃烂的，留点好的吃吃。

　　你自己身体当心！余再叙。

　　祝好！

美棠

4 月 25 日晚

爸爸：

您好！

昨下午收到您的来信，知悉您处一些情况。形势的确越来越好。给统战部的一封信已寄出，个别地方做些修改。就是不知 28 号文件是否确有此事。如真有中央文件，那肯定快了。信中所谈给就业人员安排英语教师一事，恐怕不属于落实中央文件范围吧，一般来说最起码在安徽省内找一个工作是办得到的。这次给右派统统摘帽，以后肯定对历史问题也要做处理。外面也都有传说，说属劳教的可以回原单位。实际上在"文化大革命"这十年中去劳教的都可以回原单位，像这种情况各单位较多，问题就是 58 年及"文革"前一段时间的都不大有。不知何因。现在又有中央文件下达，要学习新宪法，很明显将来也要搞法制，根据宪章办事，该怎样就怎样，是公民就应该享受公民的权利，要反对文化革命那一套不根据宪法办事、无视宪法、要怎样就怎样的风气。上海市委文件也谈到法制问题，对每一个违法行为都有惩罚条例，或拘留几天（根据情节轻重）的条例，这样就明确规定了你犯了什么罪，该怎样处理，让大家都知道。

　　所以像我们，属于统战的对象，肯定会合理解决。因为历史问题只能说明过去曾有此事，并不能证明现在的情况。另一方面现在要调动知识分子积极性，所以回上海找一个对口工作很有可能。只能再等着看了。

　　我的工作问题总算落实了。今天上午老师来家访，已明确通知了，要我8号去报到，就是以前常提到的上海市精神病院。在离闵行不到的地方，从家里到医院需约一个小时。户口要根据公安局最近条件，凡是单位在郊区的，户口都要迁过去。目前是每星期医院放三次院车到人民广场接送。最近医院又在搞，准备天天放车子，让职工早出夜归。这次到医院是做护士，将来要根据本人表现。工资是36元。这个医院总的来说还不错，属上海市卫生局领导，医院很大，有1000多个床位，约有600多个职工。我们原来在校精神科也不重点学，所以不太熟悉，现在只能从头学起了。我仍在家看一些英文书报，最近听了一下法语广播，稍微了解一下法语的一些规律，因法语医科方面的书不是很多。英文书籍倒是很多，现在各医院都在开英语班，教大家学英语，精神病院也在搞，所以到了医院里打算再去听听。
我有很多同学都在这个医院里。这次分配听老师说，算好的单位，
市区没有。我工作问题拖拖拉拉搞了三年多，今天才总算解决，
确实不容易。详细情况等以后再谈吧。

　　家中都好，昨天过劳动节，在家整整看了一天电视，上午
看《万紫千红总是春》，中午看《冰山上的来客》，晚上看《大
刀记》*，这星期电视里新电影较多。

　　祝身体康健！

儿毛头

5 月 2 日

---

* 《万紫千红总是春》是上海电影制片厂于 1959 年摄制的电影，由沈浮执导，张瑞芳、
沙莉、高博、汪漪、陈立中等主演。讲述 1958 年上海的家庭妇女组织起来参加社会劳
动的故事。

　　《冰山上的来客》于 1963 年由长春电影制片厂制作发行，由赵心水执导，梁音、阿
依夏木、谷毓英等人主演。影片从真假古兰丹姆与战士阿米尔的爱情悬念出发，讲述
了边疆战士和杨排长一起与特务假古兰丹姆斗智斗勇，最终胜利的阿米尔和真古兰丹
姆也得以重逢的故事。

　　《大刀记》是上海电影制片厂摄制于 1977 年的电影，该片根据同名小说改编，由汤
化达、王秀文执导，李农、杨在葆、潘军等主演。讲述了梁永生为报杀父之仇，苦练武艺，
最终投奔延安，在党的教育下，成为一名八路军指挥员的故事。

平如：

　　9日的信和花生米都收到了，钱也收到，毛头昨天给你寄来画报，我不知道，否则我会附封信在里面。

　　我们这几天每天看电视，因都是好片子，《红楼梦》我已看过四遍了，电影票买不到。前几天为了买《红楼梦》票，电影院排队一千多人，结果人挤伤，鞋子挤掉。这个星期电视节目很好，有三部外国片子，还有两天是国际足球赛。就是看起来人多，没有办法。你《白玫瑰》*看过吗？还不错。

　　听人说里弄又组织了，关于欠租问题，不知怎样解决？真烦！

　　小红星期日总算去看电影了，这人姓张，人品有点像国宾，似还秀气点，是优秀团员。父亲是市农办处开轿车的，母亲在里弄，是独子，家中没有女儿。小红似乎对他印象不错，以前来过，目前我也没叫他来，以后再讲。小红单位因刻字工作少，

---

* 《白玫瑰》是米夏埃尔·费尔赫芬执导的传记片，于1982年上映。该片讲述了第二次世界大战期间，德国慕尼黑玛克西米利安大学建立了一个名为"白玫瑰"的抵抗组织的故事。

要抽调一部分人到绣品厂去工作，不少人报名。因绣品厂做出口任务福利较好，常有外宾参观，但小红讲她不会获批准，因刻得好的人是不会放走的。现在有指标，每天要刻二十只图章，要评奖，刻十八只拿4元奖金，二十只的6元，超过二十只8元。这种工作眼力很伤，小红讲刻二十只达到指标，这样连吃饭后休息时间都没有。

　　我们理图纸也有指标，不过比小红好点。希曾是检验员，指标没有，不过责任重，奖金不评，只拿中等。

　　油菜籽要收了，若以后有油菜，可买点。家中油贴到7月份就没有了，问问看，不必急于去买，实在没有，我们可买肥肉熬油的。

　　我们好，勿念！

　　祝好！

美棠

5月15日午

平如：

我 19 日寄出一信讲毛头已报到了。昨天已上班了，被子已带去，帐子和其余东西尚无钱买，好在这几天凉快，晚上可盖被子。郊区蚊虫多，被子盖着又好点。等工资发下再买，暂时也无处可借。昨天因小雨没回来，本来讲回来的，今天可能回来，刚去劳动一个月（食堂工作），然后做护理工作。

昨天房管处驻里弄办理欠租手续，工作队通知我去，我请假半天去了，起先气势汹汹给训斥一顿，要我拿百分之五十，也就是一半 600 元。我说我拿不出，他讲，付不出我读一读市革会文件你听。读过之后说，你既无力还租就带看房子去，调小调差。我也不和他多讲，只谈了谈你的情况以及我们的经济收入，说你每月寄回 10 元（毛头报到也没讲），他算了一算共 127 元。我讲我还得寄 10 元给国宾，他讲，再算你寄 10 元给另一个插队的，还有 107 元。算过后他不大响了，因现在他们讨欠租时算收入，每人生活水平是 20 元，我们家上海尚有五人，这样也不过只多 7 元。我还讲，我还欠生产组 30 元，是还插队回沪时借的债。后来另一个又讲，你们情况我早了解，你现在困难，但无论如何你要拿出 272.06 元，因你欠 1272.06 元，现在因你困难，你将这零头拿出。他也没讲明是否免掉 1000 元，我也不问。国家有政策，多问反被他教训。我只讲我一次付不出，他叫我和子女商量。我讲，你算经济收入一共是多少，子女工资全部都算进，他们是否能继续。他讲，叫他们想办法借或向单位借。我讲，请你们去他们单位联系去。他讲叫我去，我说我不去，我孩子都 30 多岁了，生活一直依靠他，难道我还要他背债吗？我讲不出。我们现在稍好转一点，就是 76 年年底女儿满师，我的 33 元还是去年 10 月才加上的，在这以前就是靠大儿子 36 元工资，还得负担两个插队的，私人债也欠了不少，我现在说到顶了，一笔数我拿不出。现在你给我们最低生活水平，余下的你到子女单位叫单位扣除。我的态度就是欠租是不对的，但当时根据我们的收入确实困难，现在我们应该还。但一笔数拿不出，只有你们去子女单位，除了留给我最低生活开支，余下扣除作为还欠租。他后来讲，你回去吧，我们代你讲讲看。这样我就回来了，以后怎样答复就不知道了。

我所以讲到最后这样表态，是因为我们收入不多，他留给别人20元一人，这也是上面的政策。我看他们也不至于做得太绝，上面是有政策的。我这样讲也就是表示我们实在拿不出一笔，另则表示我是尽了最大的力量了。

我想另写一信，你可拿给你们车间支部看，让他了解一下我们的困难情况。我写了你看看是否妥当，如不妥当你就改一下仍寄回，我重写。

我们生产组已听过报告，关于插队回沪情况，现在第一步，有三个子女务农的先填表格，可回来一个。然后是两个插队的，可回来一个。我们现在只能算一个，国宾若不上调，我们就可以回来一个了，至少乐乐可回来。现在退休顶替要第三步，怎样顶法还不得知。

你若是风湿，还是去买瓶风湿药酒吃，再试试看。若又觉好点，你就常吃下去，吃好为止。

好，时间到了，再谈吧！

祝你好！

　　（我听说最后解决恐怕还是要拿出一笔数字，所以能补助点也好。还有上次我讲的回上海的一个人，他曾是汉奸，解放后开地下工厂，58 年由单位送农场劳教，这次农场对他讲叫他回原单位。到上海马上去原单位报到，第三天即报上户口，不是什么借用，是春节后回来的。）

美棠
6 月 22 日早

上能讲讲，从理论上把运动技术概念讲清楚。

爸爸，还来得及改行吧，而今多少专家都在去抓企业管理，学习新时期之管理。专家们的学位一定得些吧。

新的胜利。

祝

身体健康！

儿同宾上

6.23. 于师范

《卫生设备》

妈妈：

好！

久不见家中来信，不知近况如何？甚念！毛头的工作问题如何？而今不是家中都去上班，外婆如何？这一切甚念！乐曾来宜春，我常问及他有否信来。

乐曾的情况，而今根据上海的情况及我们处情况，准备让他搞个病退回沪。而根据他的情况，病退的可能很大。前几天公社出示了证明，在地区医院检查了，并开具了证明书，证明他患有高度近视并散光及虫咬性皮炎，另还患有腰肌劳损等疾病，所以病退可能性很大。前天我同他去乡办问了一下，乡办的意思，具体手续到公社去办，由公社转到县里，我们县乡办，再转往上海区乡办。所以我们这里问题不会有，问题是上海。近来听上海回沪的同学说，而今上海对病退很松，一般当地退回来都接收，更何况乐曾患有几种病。另两个下放的可照例一个回沪等，总之而今知青问题都会解决。不管怎样总让他回买检查一下。我估计问题不会很大，高近可以病退，张××、陈××深度都不算深也回来了。皮炎一例，方××就是这种病回来的。所以我看还是回来为好，在这里虽轻松无事，但解决不了工作问题，招生录不取，招工又没有，即使有，是否能轮到他也是问题。而今一些干部子女，以前招生他们是对象，改革了招生制度，他们上不去，只有通过招工这渠道上来，这样对他们又形成了威胁，所以能回来是最好。否则家中都要上班，他回来多少能搞些家务，照顾一下，即使去街道里弄，我看也是暂时性，以后会逐步属劳动局管辖。妈妈可向里弄讲讲，争取同情。一则我们两个下放，更何况他患有多种病，不适宜江西这种劳动生活。据说里弄街道在病退问题上作用很大，当然疾病是最硬的东西了。

如人家讲他在放电影有工作，不！他是花果山青年队处的知青，口粮都在花果山，拿钱买粮还要交公共积累金。总之家中意见如何？小林也曾与他说过"想办法搞个病退回来"，望能来信告知上海情况，他的病退材料不久会寄到上海。

今年江西气候异常热，不知上海如何？我们还有一个多月，就去学校实习了。佩芝也懊悔，去年不说上来，否则的话她也能回沪，我们学校有人要退学回沪，但上海有人传来，如退职、退学，一律不属病退对象。别的没什么。

祝好！

儿国宾

7月8日于师范

妈妈：

　　关于乐曾病退一事，上次申曾哥来我这里玩也讲了这个问题。刚开始搞的时候，我不知道，因为他一直跟我说他不去搞。后来他写了封信给我，说好多人都在劝他，叫他不要错过机会，去碰一碰。他到医院检查了身体，开了医院证明，然后来征求我的意见，问我同不同意，如同意的话，他就写报告给公社党委。乐曾还是蛮好，他自己不会乱来的。我接到信后，两三天睡不着，上课都在想这件事，手风琴都拉不动，好累，没力气，心里讲不出的滋味。不让他退吧，机会难得，在公社放电影，人又累，工资又低，主要他还很担心今后的粮食等问题。退回去了，从他来讲比在这里更强。我又想到建立了两年多的感情，突然这样分开，真有点难分难舍，想来想去，不是滋味。从他前途着想，从长远打算着想，为了他好，我含眼泪写了回信给他，要他抓紧时机，把报告写好报上去，努力争取把病退搞成功。总而言之，退比不退要好，这是应该肯定的，退回去了多少比待在公社强。站在我的角度来讲，当然还是希望两人能经常在一起，在一起从各方面来讲都要好些，这样说这个问题还是矛盾着的，矛盾总该要解决，我是这样想的。既然爸爸妈妈都愿意他退回去，以后我们俩继续谈下去，我也就没意见。我也不能做忘恩负义的人，对他，对你们全家大小，通过这么长时间的接触，我认为你们全家最可贵的是人心好。家庭条件好，人长得怎样好，这又算得了什么，幸福是靠自己的劳动创造出来的，难得的是心好，有钱都难买这颗心。你们全家对我这么好，看得起我，我从内心里受感动，他就是在乡下我也不应该抛弃他，也没有理由抛弃他，再说我也不会这样做。乐曾病退之事，我父母都还不知道，我现在也不打算跟他们讲，待以后到时候再说。

　　遥祝：全家身体健康，生活愉快！

春芬　上

7 月 25 日

---

*　春芬为当时乐曾女友。即上封信中的"小林"。

平如：

　　来信已收到。因天热，每天早上五点不到就得去买菜，回来又得烧好，总是急急忙忙的，上班都来不及。中午回来吃饭一小时，还得收拾房间、揩枕席，晚四时半下班回来又要忙于烧晚饭。希曾小红五点半回来，毛头六点半到家，吃过饭洗澡、洗衣服，有时小红出去，不出去就是她洗。姆妈身体虽好点，但年老不能动，还得侍候她，天热麻烦，给她倒洗澡水、洗衣服，等等，毛头回来还得抽空看书，晚上有时看电视他也不看。我因一天工作人也疲倦，看电视就打瞌睡，所以也不大看。再者有时电视好，人也太多，都欢喜到我们家来，又不便讲，因此也烦。

　　国宾、乐乐久不来信，昨天碰着佩芝妈妈，讲佩芝来信，国宾要 12 月份分配。原本老师讲准备叫他留校，但国宾年轻人社会经验不足，他讲给要好的同学听，同学又讲给别人听，这样一来就不行了。所以年轻人不懂事，不知道别人的心。

　　乐乐我去过两信，告诉他上海情况。也不知是出去放电影还是到乡下去劳动了，到今天还不见他回信。他们的同学和他一块儿在江西，同时去搞病退*，早已回上海，身体也去检查过了，只等批下来。他因没回上海，所以也没通知他去检查身体，就是不搞病退也应来信，不知怎么回事。我们都听说外地（安徽）已听过报告，讲插队知青什么地方来回什么地方去，工厂统计招工，上海知青都不统计在内，你们厂里有这种情况吗？

上海形势不错，我们生产组也要发展。因知青很多，病退回来的知青年龄都不小，不得不为他们考虑，所以生产组性质也要变，听说52岁的人都要退休，因以后不少病退青年要进来。我54岁了，所以也要退休了。就是我们经济困难，这次又借了许多债，每月我工资中又得扣10元，若真要退休倒是困难很大。

---

* 1978年的春天，国务院文件放宽了下乡知青由于健康原因和家庭困难而返回城市的条件。其中独苗可以回城，多子女下乡的可以照顾一个回城。1978年10月，随着全国知识青年上山下乡工作会议的召开，上山下乡活动被叫停。根据不完全统计，知青总人数多达1600万。如何安排回城知青的工作，成了大问题。政策规定，下乡知青可以通过招工、考试、病退和顶职等方式回到城市。其中，办理"病退"的人特别多。生病没有标准，部分管理不严格的地区，甚至发展到知青自己填写病退资料的地步。还有一条途径就是顶替，在企事业单位上班的父母要退休了，子女可以到他们的单位去工作。

　　听说一些领导干部听过报告，但因心有余悸，听过都不大敢讲。我听二毛讲"报告中说要大家解放思想"。我们昨天也开"百日红"的大会，计提事业副局长也讲到要大家思想再解放点，胆子再大点，具体也没讲。当然她也是听过上面报告的，听说北京彭真也出来工作了，王光美也工作了。在几个月前，《光明日报》曾登过一篇文章《真理的标准只能是社会实践》，但这篇文章别的报刊没敢转载，昨天文汇报才登出来（听说可能是这篇）。总之这种事我也弄不清。这次华主席出国访问，每天晚上电视九点半收看卫星转播，中国是形势大好，有不少学生都出国留学。我们几个孩子毕业都是"四人帮"时期，受害不浅。你们那里有什么消息？科技出版社还未回信，我看见《大众医学》又复刊了。我写这信现在是上午四点钟，写好又得开始一天的忙碌。

　　祝你好！

美棠

8 月 29 日午

平如：

　　21 日信已收到，一切情况已知道。关于写信一事，我们虽这样想，但再看看吧！这两天上海可热闹了，从 23 日开始，人民广场像集会似的，成千的人去看。有人传说，讲××不好，并要上海市委××下来，说他自己思想不解放，能叫别人解放？听说北京天安门也是一样要揪"四人帮的总后台"。人民起来了，势不可挡。你们那里不会有这种情况吧！《解放日报》（23 日）有一篇登景××的文章，他讲了天安门（4 月 4 日追悼总理情况）后面有一段："罪恶根源不是四人帮，他们存在的原因要到社会中去找，不要崇拜一切神……"我不大记得，你看到没有？

　　关于你要求回上海一事，我认为可能。你们单位没有必要留你，你和余阿岳不同，他们有技术，你放在那里学非所用，应该叫你归队，回上海也可能。你看看要不要我去信给你们领导，若写，你写一草稿让我们参考。

　　二楼外婆曾到她儿子以前单位手表厂，找保卫科去谈过。后来厂里找到她儿子的档案（仍在原单位）对她讲，你儿子的问题是"销赃"（别人偷东西他代卖），也是犯罪的，至于想回原单位，我们没有这个权力。要是他现在单位肯放他，有人来我们这里联系，那时我们才有权考虑是要他还是不要他。她又说，我们最近有人来联系，都是五到七年的。这句话是讲，近几年关了五年到七年的这种人先解决，我想可能是四人帮时的案子。

关于希曾谈朋友一事，这人脾气太怪，不肯去外面走走。他对弟妹讲，出去交际要钱。这也对，像小红的朋友，常和小红出去玩，吃饭等一次总要好几元。昨天来买东西，高级糖和高级点心，都是十几元。我对小红讲，今后不要太浪费，也不必买东西来，大家都随便点。

你有机会也可找你们领导谈谈，讲讲你的要求和我们家属的要求，同时也谈谈经济上的困难。二十年来虽吃国家补助，但由于我工作是生产组，补助数字只一人7元水平，所以开始卖东西贴补，后来就靠借借当当。孩子们插队去也借了债，至今未还，这次房租又背债。孩子都到结婚年龄，最大30岁，最小25岁，五个孩子都无积蓄，还有一个上调读书，一个尚在农村插队，这些都要讲。还有当时出版社对你的鉴定，杭州休养，参加民盟等都可谈谈。

天气冷了，你自己保重。我们好，勿念。

毛头这几天上大夜班，四天不回来。再冷下去，路远，来回也吃不消，看情况买条被子，让他在医院住，每星期回来一次较好。

形势变化很大，我们静观吧！上次我好像寄了二十斤上海粮票，也许我忘了，家中粮票有，无所谓。我电视看过《雾都孤儿》，英国片子，狄更斯写的，我好像还同你看过一部《孤星血泪》，也是他写的。

你《黑三角》看过吗？比较好。不过我欢喜看外国片，日本的《追捕》也不错。我都是看电视。

好！就此搁笔。

祝愉快！

美棠

11 月 26 日早

星期日

注：该信中××为原文标记。

---

* 《黑三角》是于1978年前后上映的一部惊险特务片，由北京电影制片厂摄制，导演陈方千、刘春霖。

美 棠 来 信

1979

我 们 一 家 人

一九七九年的通信

道不遠人，讓我們在聖賢的光芒下學習成長

平如

平如：

　　信未发，又收到 9 日来信，一切均知。我今天上班，听讲我们这个月又不退休了，也好，多做一个时期也好。乐乐又尚未安排，家里多一人开支，我看不退休也好。

　　希曾前天去看朋友，我和毛头也跟在后面去看。在文化电影院门口看，看不大清楚，只见皮肤白，眉眼还秀气。后来希曾回来我问他，他讲不要，一则年纪较大，再则是龅牙。这女的母亲也去，问了希曾不少话："父亲在什么地方工作，几时去外地？是否去支内？去了多少年？多少工资，家里多少人？"总之问得很详细，这一点希曾也不开心。所以不准备谈，已分手了。

　　生活费能补发当然好，也可作为希曾结婚用，几个小的到时候再讲。你能回原单位工作，能平反，那时情况就更好了，我们都盼这天能快点到来。你和领导应当讲明，你要回上海工作，你工作对口，再则家人也可团聚。分离20年了，照情理应让你回沪工作。提前退休不必提，到以后看情况。我们现在不可提提前退休，就是要求复查，我们作过结论后又没犯过什么错误，你不能胆子太小。你就是吃了胆小的亏。提前退休，你就等于承认你有错了，这和平反完全是两回事。平反了，就应回原单位，就能补工资，就是当时他们搞过头扩大了，也应回原单位，假使不合理解决，我们还可到法院去问。

好，上班时间到了，再谈。

美棠

又及 13 日午

平如：

　　昨天收到 16 日的信。我于 11 日曾有一信给你，告知 30 元已收到并一些近况，你怎么 16 日还没收到？我地址并没写错，你去问问看。地址不错是不会遗失的。

　　你信中谈到转工人一事，在上海时我同你讲过，我们生产组的人讲，像你们这种情况还没转为工人，可回原单位。你不是讲，回去马上找领导谈，告诉他，我要求回原单位工作。并听说暂不转工人，回原单位比较容易。你回六安难道没找领导谈过吗？你只想提前退休，这对你没什么好处，你复查是为了什么？不是想回原单位工作，并最好能平反，复职复薪吗？至于提前退休，你就是不复查也可以提前退休，难道不复查你就不能转工人吗？至于张××讲你只要提前退休回上海，他们也可作为聘请，补足你工厂原工资，这都是靠不住的。我们听过文件，现在不能提前退休。另则老师另外讲课也不能计时算，老师书报费也没有，以前讲的医院有奖金，现在也没有。以前一段时期，大庆式企业每人有 14 元或 20 元奖金，现在也都取消了。情况不时有变化，张××对你讲的退休再用你，今后可能也不行。你应该对你领导讲清楚"我想回原单位工作,现在的工作不是我的特长,并家里分开二十多年,也希望我回上海",并讲,"听说转工人后回原单位比较困难,所以对于现在转工人思想上有顾虑,不知是否这样?"看领导如何答复你。至于张××处我们也没去问过,过一个时期再看。

今天下午我没上班,因母亲前天送医院,气喘厉害,毛头说要送医院接氧气。送到中心医院急诊,医生讲要接氧气,打葡萄糖,打青霉素,今天已第三天了。乐乐日夜陪她,我下班去看她。乐乐因陪她,晚上又没地方睡,坐过夜受了凉,发胃病,疼得厉害,结果也挂急诊打针吃药,共用十余元。本来今天可出院,后医生讲还要打葡萄糖再观察一天,这样要明天结账出院了。

上次邻居给希曾介绍一个朋友,我也跟在后面去看,毛头也去,对方母亲也来了。他们谈话,毛头假装别人跟在后面听。女的母亲问希曾,你父亲在什么地方工作,外地去了几年,是不是支内去的,工资多少,希曾含糊回答。回来我问他,他不高兴,讲不谈了。昨天廖家媳妇讲给希曾介绍一个,还没去看。希曾讲谈来谈去,又是问这个问那个,没什么意思。现在的人还是这样，第一还是金钱。

……孩子们大了，我们可安心了，我倒感到越大越不安。小时倒糊糊涂涂过了，现在都大了，男婚女嫁，都是一个问题。乐乐讲，陈佩芝和国宾讲她父母要他们今年结婚，你说怎么办？希曾若有朋友了，今年30岁了，也要结婚。乐乐讲林春芬今年毕业，他虽可晚点，但太晚也不行，夜长梦多。毛头也26岁了，小红也25岁了，你到什么地方去想办法解决这些问题？马虎点，对方能这样想吗？再马虎，一到家里请酒买糖总不可少，这笔钱至少1000元。你能复职复薪还好点，若只想退休回来，那点工资，是一点办法都没有。这次张××复查，能合情合理解决则可，否则只好上法院去讲。我是越想越不安，摆在面前这些问题，能安心吗？

你的照片看到了，老了和你父亲像得很，可能都是白头发，更像。我要烧夜饭，不写了。

祝好！

美棠

3月20日午

不去也有朋友吗：他讲情况两样，他们主居在一块容易搞亲密性。上海城市不能比。也们讲是如此。我们老多姐有两个男青年，国家里走资本，垤择有朋友，对才坐走工厂工作。会走拉社会，以全体为主，报纸和电视也宣传社会的这种坏风气什么何信姑娘。有什么用记在更是保险跟住，酒馆流住，本卖30元一条。现在如青年四十一束还大比以高30元四倍。女卖场什么都有卖肉也多有的大运卖唯宫色的开快走。市国上之的用的样的有，现是尽想，有人讲这考走考有钱人服务，穷人更穷。搞方色认好好如女娃服眼也要高了好的学生不走没有比不定会给你碰到。

你们广讲报的一笔钱，北有还一场空，国家经济困难不会给你们30。

冬梅已没事。像束、这也些考年考分配四很差也一些毕业生也无法安排。十九罗接下考国家起来不容。考如也走老多性，尤其是我们垤种人。

毛头周用功，身体房疼如柴，面色也不好。如如身老多病，我看还大会长久。寄以天北卖人卖苹果奇怪传纸如一盒拾去。更得惯一考习俗，记先一天到晚想这想即吃，爷和旬月给她5元送不动。姐以暖地多度也更快。

天热起来了，你用之考心：我们好白会！
祝
好！

平如：信都收到。由于天热，冷天衣物都得洗晒，忙得不可开交，复信又不懂，较仔细，希宴我。我有头昏后，虽好但人很大部服，有时感到头晕但一会就好。可能是神经衰弱，我人倒比高胖些又不贫血，怎会头昏去看医生。医生也说不必怕，只说要休息、吃得好些。我说在家也不看，也说不好看的我也不怕，用我工作是对着图纸要用眼力，这样人就感到疲倦，医生讲说在五味子制剂现缺货。下次去看开点给我。好在我也欢喜要退休了。本来上半月就退。上海仍少，如今初中毕业生有40万都无法安排，每天报纸都讲要广开门路排充当，但要个安排不了。上海已在想办法。无论上半月下月总是一定要退了。

你讲到肾脏问题，能好些也好（这些年来一直在外面），就平安回来就万幸万喜。

方仁讲世纪淮信，既之里有难在台湾有此成朋友的可对使寻讯，以便统计工作。天坤寄来头平信已讲过了。

关于你的问题多多告诉写封信给老宋问仁情况，这样我就自己心中有属，行事也好打算。

今天收到40元，弟弟退休去他仍先去南海再去上海。最近仍没到信不知到底去不去。

天气很热你身体多心，你仍市里有空调卖没有？买个呀上海好些人家时有空调啊仍。我家大去也没买，最近又管得严史仍买。孩子因热要致动挺九个天进吧？你看仍方便。我想去睡了不再多言。祝好！

襄襄 8.10日
                              反面→

爸爸：

您好！

前日给您写了一封信，恐怕还在途中。因昨天我们医院人事科找我，要我填写一张《干部和爱国人士在台湾或去海外的家属亲友情况调查表》，是由上海市委组织部和统战部发的，要一式三份，可能与搞统战和落实政策有关，在大会上也讲了，希望大家不要有什么顾虑。奇怪的是，他们怎么会在我的档案中找到这些情况，并且我看了，他本子上写着杨大龢、杨大年伯父关系。小红单位里领导也讲过，亲属中如有在台湾的，可向人事科讲一声，小红没有去讲。我记得上次您在写给统战部的信中，关于杨大龢是这样写的："原国民党国防二厅海军情报处长"，但不知他在何校毕业、何时去台，这都要填写。还有杨大年在何校毕业、任何职、何时去台，都不清楚，不知您清楚没有？望能速来信告知。因尽量填写得仔细一些，可能会好一些。从现在的形势看来，不会有什么不利的地方。加之，我们本来就很可能是为了杨大龢之事而受到牵连的。现在看来，要在全国范围内开展这项工作，与落实政策有关系，因上面专门有一条"在落实政策方面有何遗留问题"。看来，尽管前一段时期由于社会上的罢工、集会等的干扰，稍微收了一下之后，现在报纸上又在拼命发扬民主，肯定"三中全会"以后的一系列政策，不是偏右，因此这一系列政策肯定会有步骤地得到落实。粉碎"四人帮"之后，关于台湾旧军政人员的政策落实问题一直没有搞过，现在既然要想台湾统一，要同台湾信件交往，等等，对原国民党的军政人员肯定要解决。否则，就太讲不过去了。不知您单位里有无填写表格此类之消息？还有在家庭成员写到您的一栏中，参加何种党派，我想填写"曾参加过民主同盟"。顺便附上表格的样子，您看如何填写好。我准备明天到人事科说明，有些情况我们也不太清楚，不知我父亲他清楚没有，我想去信问问看。这样妥当些。如果他说时间来不及，或者不清楚，就不写，我就照我们知道的写。依妈妈的意思，婆婆的一个侄子，李永树（大概名字，妈知道，我尚未问她），去台湾当土木工程师，也写上去。反正这也无所谓。

　　上次信刚写好，尚未寄出，就收到您的来信，谈到您单位退休问题，现在不知怎样？如退休也好，能有自己的生活费，在家团圆，过一个太平日子，就是将来能落实政策，我们也可以再去找有关部门联系的。

　　现在的形势尽管有反复，但是肯定不会再回到"四人帮"统治的年代那样的极"左"政策，总是朝好的方面发展。所以我想对我们家庭的落实政策问题来说，也有一定希望。只不过，过去二十几年来搞乱的一系列问题实在太多，来不及处理。现在只不过是一个时间的问题。

　　因想能尽快得到您的回信，匆忙写上此信。就此搁笔。

　　祝身体健康！

                                                儿毛头

                                                6 月 12 日

样子，怎么如何写法好。我们给报上的人采访没照毛片
都忘记，现我的也不太清是，增又知我又不他语是没有，我想
不着看到问心者，这样多了些。如果他没有问采访，或者不
清是故之事，我就照我的知道的答。依你好心的意思搞之
的一切住了。最后之瓶（大概之瓶子，还知道我写影问他）去信写
写土采之类的事，也写之声。就是也无所谓。

上次信刚写好高手交出。就收到你的新信，没如你多年
信息不采问题收之妙夫。采择？如退休也好，所有你的生
活费，太家围围。过亭方采好，就是婚亲很廉之找事我们
也可以再去找有关单位的联系看的。

改毛的改革尽管有反复，但是历多人会再回到的人都
没怕你再明此年代现好的极力改革。逆是朝着
的方面发展，所以我觉之你我的家还的利于改事问记
手续，也一定有希望。只不过去过去二十九年落的机构一系列
问题实之太多，采取处理。改毛总不过是一个时间的问题。

因那你尽快得到你的回复，匆忙复上此信。
祝她加利等。

妈

敬祝健健：

八三年。6月12日

平如：

信刚寄出，昨天又收到你的信。关于退休的事，极不合理，进去的情况各有不同，有的是冤枉的，不经过调查，一律一样处理，与目前精神是不符的。

这两天我病假在家，没全好，只觉头重、耳鸣。昨天下午三点多钟，我睡在床上，派出所一位同志来了，我平时并不认识他。我随即起来，他讲他来随便聊聊天，问我经济情况如何。我就将58年你走后吃补助的情况讲了一讲。开始我们一家七人每月只补助19元，后来参加生产组，工资6角一天，补助15元一月。后来逐年增加到最后每月9元一人的生活水平。老大工作，老二老三插队，老四因学校分配不合理，在家闲了三年多。去年又因欠房租借了300元债，至今未还清，还有150元，本讲每月还10元，但只付了一个月。老三病退回来，增加负担又停未付。现在孩子都大了，都近结婚年龄，但家中毫无积蓄，只有债，所以困难很大。我身体不好常生病，希望你回上海，现在已打报告要退休回来，等等。他问我："你给统战部去过信吗？"我说是的，要求你回原单位工作和进行复查。我讲单位已同意复查，并说，现在户口较紧，你若能回来再想办法，若不行就提前退休回来，我们再给你找工作。他讲，回来若没有工作，不是更困难了吗？我讲了，单位答应只要户口能回来，原单位同意想办法。他后来讲，你们再到单位去问问看，去走走。听他谈话中没有讲户口不能报，意思只要单位接受就可以。又问我，上海共有六人吗？我说只五人，一个孩子户口在郊区。我并将你解放初期曾在南昌高桥派出所登过，56 年在出版社也全部交代，组织上也做过鉴定，58 年去时到底为什么事也没对我讲过。我想只有历史问题和我们有海外关系（亲戚在台湾）。他问我："通信吗？"我说："可能吗？"又问我，统战部的信是你自己写的吗，我讲"是的"。

后来也没多讲什么，只不过讲"我来不过是随便聊聊"。我看不会没有目的。我身体好了，准备毛头有空一块儿去出版社一次，你看怎么讲好？出版社去过后，再叫毛头去十三舅处，去拿钱，顺便谈谈一些情况。

你又去信要求外语人员登记。单位已交上去了，也就算数，何必再去信？你这人以后有什么事来信告诉家里商量一下。

别的没什么，我告诉你一些情况。你那里退休怎样处理？恐怕又要拖了。余再叙。

祝好！

美棠

7月5日

爸爸：

您好！

久未给你写信，想必近来一切安好。这次暑假我与佩芝商量，临时打算回沪办理婚事，自己有一个月假，佩芝也请婚假与事假。学校的房子能解决，家具基本上都已做好，尚未漆，打算回沪买些清漆，蜡光漆回宜再漆。我与佩芝打算最迟 8 月初抵上海，具体如何办，回来后再决定。届时爸爸能请事假回来最好。这样不至于给人家草率的感觉。家里的经济情况我也清楚，自己想了想，我的衣物可以省掉，成了家再置办，家里帮我置办一些酒、糖就可以。我与小陈相处多年，家里经济的情况，她也了解，我相信她不会计较。我每月工资存了一些，都买了些木头板子。做工都是我的一位同学，他知道我的情况，不收我的钱，帮我做的。只能以后再报答他了。此事望爸爸写信给妈妈共同商量，我已写信给妈妈，具体如何办，等我与小陈回沪后，听她爸爸妈妈的意见如何再讲。就写到这里。

祝身体健康！

儿国宾敬上

7 月 16 日

《江头》

……都……本……样子。做工都是……一住网子，
他……我……，……我……，……我做的……
……等他。……了……冷……的……问……。我……
冷……，……，……。……地……，……
……。……。

身体健康！

……敬上
5.16.

平如：

前天和昨天连收到你两封长信，知悉一切。在10日和11日我和毛头都有信给你，想必你现在都收到了，也一定向王科员去讲决定了吧！我今天再向你说明一些事，免得你再去胡思乱想了。

至于收到信大家一呆，是因为我第一次和毛头去科技找张××没找到，另外一人接见我们，那副不愿和我们多谈的样子，我们希望你回上海复职的心冷了一截。我谈到你的事在56年作过结论，他讲，作过结论，但以后你又交代了些问题。从那以后我也想不能就算了，好在你退休也可回上海，同时张××春节期间对你说的你回来可以来工作的话，我也认为随着形势的变化，不大可能兑现了。再者以前派出所到我们家来谈到我给统战部写信一事，又谈到你回来没工作怎么办，由于这一系列的情况，我们收到你的信一呆，认为你所想的和事实不大符合，万一退职回来没有工作怎么办？所以第二天马上去找张××，他虽讲不可能复职，但他讲可作为编外人员来工作，并说你是老同事，他也很欢迎。我们听了已经很满意了，我认为我们的困难只是目前短期的，只要你做编外人员，几年中等孩子们都男婚女嫁了，我们就好了。即使你做不动了，对于你一个人口，吃饭问题总还是不大的。我退休只有 29.25 元。所以我也马上给了你回信，告诉情况，并叫你回来买鸡等。同时我高兴得到处告诉别人你就要回来了，这次我退休，糖也是买的高级的。关于孩子们的牢骚话，也不是你退职了他们发牢骚，而是他们平时有讲。我讲你耳不听心不烦，是因为我听了他们的话心里很难过，但我的难过并不是怪他们，而是因为我们不能让孩子们和别人的孩子同样愉快和幸福，所以讲你是耳不听心不烦，否则也会和我一样感到难过的。再讲到 20 年前你交代的几句话，当时我看到了你的稿纸就感到不妥，但没想到为这几句话，会引起这么大的事。在你去的那天晚上，派出所的人通知我送东西给你，我问他们到底为什么事，他讲你有不老实的地方，我就知道是为了交代了那几句话的原因。第一次去科技，那人也讲你作过结论后，又交代了一些问题，但 20 年来我从来不对你提这件事，是怕你听了懊恼和不愉快。只要某件事会叫你不愉快，我总尽量不讲和少讲。因为我们对你退职回来丝毫没有不愉快，所以收到你退职的信，我就气得要命，就将 20 年不愿提的事也讲了出来。我甚至在孩子们面前发脾气，从此我不给你写信了，回不回来也随你便。还有叫希曾打电报，也不是如你所想是什么表态（因我们根本没这种不愿你退职的想法，也没想到你误会了我们），只是以为你向王科员讲了我不同意你退职，现在又要去收回，那么只好叫希曾写信讲我和姆妈都生病了，考虑后家中还是认为你退职回来好，我在 4 号信中叫你请假回来。至于后来又加一封电报，是小红讲的："爸爸这人拎不清楚，还是打个电报去快点，否则在这两天中，他还不知道要想出一些什么对王科员去讲了。"所以后来又加一个电报。

所以你以后来信不要再绕不清楚，我给绕得头也疼死了。老宋讲《大众医学》要人，你尽快办好手续回来吧。

你所讲的退职优缺点，我不去考虑。希曾也讲过这只好碰运气，如同你讲做十年了，我们家的孩子也都要成家了，现在的困难主要是他们未成家，而上海人要讲条件，虽也有好的女孩子，但不一定就能给你找到。社会如此，我们也没办法。我也想过，能编外转编内是再好不过，万一不能，等孩子成家了，我们责任也没有，那时你也能积点钱，孩子贴补少的话自己也可有点贴补。

好，不写了，我也写得够多了。虽还有许多话要讲，但还是回来再讲吧！因我现在脑子不好，多看书、多写字和多用脑子，我头就难过，你走后我还是老样子（恢复到没发病时的样子），头重，虽不昏也不舒服，退休了反不如工作时好。也许是不习惯，在小组坐八小时，和青年们谈谈倒有时精神愉快点。回到家里，买菜烧饭，洗衣服，一天不停。尤其是烧饭，我闻到煤气喉咙就不舒服，这两天喉咙疼，右耳也疼，听觉也不灵敏，孩子们对我说话轻点我都听不清。这两天我吃过午饭就睡一觉，但一睡下去醒来又是三点多了，马上又要烧晚饭了，别的事一点都做不出。好，再谈吧！

祝好！

美棠

10 月 14 日早

　　你自己对王科员讲决定退职，家中已决定了。我不想再写信了，我有这样一个感觉，你不回来之前我倒没什么，总想三年后总可回来的。但一知你可回来了，又决定回来了，又恨不得你马上就到。我想你也是一样。既知可回来了，再要叫你等三年，这日子可多长啊！毛头是每天都盼望你回，每当你来信，孩子都抢着先看。

　　信未发，小林忽然来了，问你回来没有，前几天还有一信给你，我忘了，今附上给你。

　　又及

（妈身和/仪在病中以对待多）头重，身子旨也不舒服.（思体了反不知二三年的好，也许这不愿. 开的汤至8小d. 和身的注三饭）开始有点神的乏快夫，同到宗里. 买药烧饭. 吃完服一夫和/睡天了. 天里烧饭我闹到烧菜就我小低吃我都服. 这两天好的东吃疼，右别也疼. 肝脏也不舒服. 好好的对我连鸡蛋都吃不下重。这两天我吃过午饭就躺一觉睡一醒下去醒来它吃了东多了. 乌的里要的晚饭了, 别的事一直都做不去。 好再谈吧！祝

好   美寄 10.14日早

将自己对主张及决定退职. 宗中心决定30. 我不想再写信了. 我卖掉一切儿赏. 你过了同多三年. 我但/什么是想三年后总可回来的. 你一起吧/你多不. 回来了. 又决定回来了. 又恨不得. 为了三就要少. 我也想一样, 早知可回来了再写叫你等三年这日子多么长啊! 0 毛头告多天都到了委你们回. 每事你回来信嫂/奔抢看之肩.

          信寄给小林竟也是了. 亩信回来没有, 尚小三里有一信给你. 我寄了今你上给你。

                    又及

爸爸：

好！

10 月 10 日有封信给您，想必您早已收到。妈妈也曾有信给您，一直未见您回信，不知何故？退职之事进行得如何，深为关切。这几天市委门口有好多人静坐，写了大字报，要求解决 58 至 60 年劳教问题，中央也有专人派往全国各地解决冤假错案问题。所以关于 58 年劳教的问题肯定也会得到解决，问题只是解决是否彻底而已。上次您来信中分析了退职与退休之利害。道理是对的，在现在的社会，由于政策的不稳定，往往是靠一股风，刮过就算数，错过了机会也就算数。这种风险不得不冒一下。我觉得，问题倒不在于"编内"与"编外"，只要能够做到编外就很不错了。就恐怕张××讲的"编外"是否有肯定的把握。

所以既然有这次机会，切不可错过。

乐曾哥这几天已去上班了，工资暂拿 30.6，在浙江路南京路处，工作倒还可以，这几天单位叫他裱画。以后究竟干什么还要看技术。妈妈这几天感冒发热，有点咳嗽。正在服药，望勿担心。

因匆匆赶去邮局寄信，随便写上几笔。

祝好！

儿毛头

10 月 20 日

爸爸：你好！

　　10.10日有封信给您，想必您早已收到，好久不曾给您信息，一直教您们挂念，不知为何故？退职之事进行得如何，甚为关切。这几天专责加了好多人帮忙，28大宇报。要求介决58—60年冤假问题，中央也有专人派往各地介决冤假错案问题，所以关于58年宇校问题肯定也会给以介决。问题总是介决迟及经快慢而已。上次您专门写信与我们谈了退职这件事，写得很好，在现在社会中如政策不稳定，行为靠一股风，那也好做，反过来社会也就不好做。这种问题还得不当一下。我们觉得，问题倒不在于"国内"与"国外"，只是从国内做到国外就很不容易了。就凭借着文字词汇"国外"是否有肯定把握。所以促进有这次和会，也不可多得。

　　车费家里会寄上去的，工资每宇30.60，在什么时间寄去就不敢说，这几天彩色4地张画，以后究竟寄什么还得再说。好在几天无事，安地，有无地价钱。正在顺顺，说句玩话。

　　因句话还去寄信有事情，随便写几笔。

　　　　　　　　　　　　　　　　　婉

　　　　爸：

　　　　　　　　　　　　　　　儿乙头 10.20.

红了樱桃绿了芭蕉

《红了樱桃绿了芭蕉》

培治同志：

　　我已托俊团为你争26.30元教育费了，所以这钱请我先用再给你。

　　信……也给她们寄去了，以后再给你寄去。

　　此致

　　敬礼

　　身体健康！　　　毛泽民 于十月12

　　　　　　　　　　　　　79.6.10.晚

好好学习，有空给我写信，有事也到我家来，老地方。18号三楼。

平如：我于10月11、13号有信给你，毛关9日也有信给你，想必都已收到。我怕耽误你又连有回信，寄等5、6天信不来，又要慌问此遇。什么原因？又有什么变化？你已在北京？想不透为什么？

　　我闹肠生病已一个星期了，可能是急性肠炎，还怕发烧。今天又着上30，上次给你寄信十八日了……信不太久了，所以信少几天另一信给你叫寄回，我也没有挂号，你这人很会多心，又以为一定因，你不要那么……想了。

　　外婆的儿子要事做回来已半月了，主要来看看户口，听说也有眉目了，因他也有几次在毛行……他进有4封人回来，枯节、枯子3特困，又有南外寄信，还有外班有……房友们人在静生，也关去玩成，听这你信……有的北京已去过。

　　上次寄信中误……优越真好，今天信想开，但你把我……讲，已经回去好，天天你也……三……寄去，讲也没有，住辰……寄信，昨天我又要急些。

　　毛头啦……今天向毛我向你有回信没有？再不寄信我又要打电报寄向30又怕你生不会生病了，真急人，怎不来信呢？我人不放心了。太迟，要速回信！　　　平

好　　　　　　　　　　吴青　10.21号

妈妈 您好

　　我离家已经一个星期了。在一星期中，我们走了不少地方，张江、江镇、黄路。昨天走到泥城，今天大家在写思想小结我就趁抽空写一封信。我们房里没有桌子只好在地上写，我们一个星期差不多天天吃素菜，有时吃点青菜炒肉、咸菜炒肉、大头菜炒酱，吃过一次咸鱼。早上天天吃稀饭还点咸菜、生大头菜，大头菜就是有叶子的，有点苦味，不好吃，今天早上又是生大头菜，下午大概又是青菜火烧，碰到行军下午来不及赶到目的地，就拿几只大饼，有时带点冷饭，带点大头菜。我们昨天4点就起床，到5点钟走下午1点多到泥城，非常吃力，今天是10日，大概到12号走，是夜行军就是到一个叫阿姨的地方奉贤，可能是财贸干校，还没决定，今天下午要下地劳动，晚上要评四好连队、五好战士。澄澄身体怎样，补钙吸收吗，啥人帮他打针，你自己身体当心。爸爸有信吗？外婆老人家身体好吧，奋胃哥

　　拉练去了吧？小毛头还是天天去劳动？好就写到这里吧，别的没有什么好写。
　　我这封信是夫在张家镇的妹妹那里他妈会给我们送来的

　　　　　祝身体健康！
　　　　　　工作心情愉快！

这有什么。
我们走到奉贤就朝回路走

　　　　　　　　　　女小红上
　　　　　　　　　　1971.5.10

......

我经过反复衡量及与美棠、孩子们商讨后，仍决定"退职"回上海。当时我的直觉告诉我：只要能回上海，办理各项申诉便较快捷、方便，落实政策的希望便更大。于是，在 1979 年 11 月，我向六安汽车齿轮厂提出"自动离职"的申请，厂方要我签下一份"以后绝不再回六安汽车齿轮厂"的书面保证书（那时确也有些人回家后感到没有在工厂好而重新要求回来的。这些人大多家在农村）。我立即照办。手续完毕，我于 1979 年 11 月 16 日回到上海，并于次（17）日报上了户口，这一刻心里顿时感到非常踏实。至此，总算与安徽六安汽车齿轮厂完全脱离了关系。屈指算来，自 1958 年 9 月份至今，离家已是 21 年零 2 个月了。

我已在数月前分别写信给"上海市委统战部""上海市新闻出版局"和"上海科技出版社"等单位，要求他们对我 1958 年的问题进行复查，但答复自然没有这么快。

于是，回到上海后，我又致函这三个单位，告知我已退职返回上海，并要求早日解决我的问题，因为我已没有任何经济收入了。

1980 年年初，某日，上海科技出版社人事科张××忽然来电话（传呼电话亭就在我家对门），要我到社里去一趟，我估计可能是市委统战部已给该社打过招呼。张××说，社中校对科每月可给我 30 万字的校样，让我校对，报酬是每万字 1 元钱。明眼人一看就清楚：你也别想多赚，每月 30 元左右，给你的生活费总够了吧？！在当时的情况下，我仍然觉得满意，因为，一则申诉信毕竟有了回音，不是"石沉大海"、杳无消息；二则，30 元在那时确也够一个人的生活费用，不给你又怎样？所谓"聊胜于无"是也。带了校样回家，美棠一听也觉满意，有事做、有工钱就好。平心而论，中国的老百姓其实非常知足，没有什么过分的要求，治理这些人真的很容易，特别是知识分子。就这样，我在家中做校对，校毕就送出版社，并带回新的校样。每月底结一次账，到财务科去拿钱，每次约可得 30 元左右，拿钱回家，喜不自胜。

半年过去了，6 月份，出版社人事科张××来电话找我去谈话，要我把 1951 年至 1954 年在大德医院担任会计时有关"账务"及"税务"的事实情况写出书面材料交给他。这时，我又预感到："快了！因为无缘无故不会要我写的，要我写必有缘故。"（后来我在收到"撤销劳动教养处分决定书"时才得知，送我去劳教的"罪状"是三条：1. 偷漏国税；2. 制造假账；3. 替资方抽逃资金。皆系诬蔑不实之词。详情请看《平如美棠：我俩的故事》，此处不再赘述。）回家后我赶紧写了三大张详细的事实经过，送交出版社人事科。

1980 年 12 月 19 日，上海市公安局发出了撤销我的劳动教养处分的决定书，给予平反改正，恢复原来的工资、级别，回到原单位——上海科技出版社。复职后，社中给我办理退休及退休后聘用手续，我于 1981 年 2 月到该社《中国医学百科全书》编辑室工作。事情发展至此，总算有了一个完满的结局，全家皆大欢喜，重新开始团圆美好的生活。

在整理这些信件过程中，我把每封信从头到尾再通读了一遍，当年困难、拮据、忧伤、愁苦的情景又一一浮现在我的脑际。如今生活好转了，可是，写信的人却永远离开了……

　　唉！想到这里，我还真的留恋当年那段艰难困苦的岁月！……

平如

2010 年 5 月 24 日

前排：希曾、韵鸿、顺曾、乐曾、申曾
后排：铁罗汉、表姨父、外婆、表姨妈

对谈

我们一家人，从没红过脸

饶乐曾（饶平如三子）

安素（『在野』主编）

家兄酷似老父亲

安：《美棠来信：我们一家人》是"平如美棠"系列的第三本。第一本《平如美棠：我俩的故事》讲了您父亲母亲之间的爱情故事，《平生记》记录了父亲的一生。我编完《美棠来信：我们一家人》，发现虽然是父母之间的通信，信里谈的却几乎都是子女的事。所以我想请您作为书中人来做这个访谈。您先简单跟我们讲一下饶家几个子女的情况吧。

饶：我们家兄弟姊妹五个人。

大哥希曾比我大了三岁，他是 66 年初中毕业。二哥申曾（国宾），比我大一岁，因为他小时候顽皮，在二年级的时候留了一级，最后跟我是同届的。我们两个是 70 年初中毕业。我弟弟顺曾（毛头），是 69 年进初中。妹妹韵鸿（小红）更小一点，她是 56 年生的，比我小了三岁。

安：《美棠来信：我们一家人》的通信是从 73 年开始的，当时您父亲饶平如先生，其实已经在安徽了？

饶：他 58 年就去安徽劳教，有期限的，当时是一年半。解除劳教以后，他留场工作，作为留场人员，可以回家探亲。58 年到 73 年这段时间就一年只能回来一次。

安：在这期间一直是美棠在家带这几个孩子，是吗？

饶：还有我外婆，家里就是七口人。我们那段时间一直在新永安路 18 号，就是父亲书上画的地址。

安：那个房子有多大？

饶：房子有 36 平米。一般我们这样做：我跟我妈、妹妹、大哥睡一张床，妹妹跟我妈是睡一头，我跟大哥睡一头。二哥和弟弟两个人跟外婆睡。我们当时两间房，他们睡后屋，我们睡前屋。

安：当时家里有收入吗？

饶：我们家那时在上海应该最穷了。一开始就靠妈妈卖嫁妆，在生产组做工，16块，七个人生活。一个月只有十几块收入的家庭，再没有了。

那时候外婆在家里面做家务，妈妈要去再做一些工。她在生产组工作，当然有的时候也会被调配出去，比如去帮杏花楼做月饼。我记得浙江路那边有个小旅社，需要个勤杂工，妈妈也做过。这种就算是一个临时工。

生产组是58年以后，街道组织家庭妇女，说我们也不能在家里吃闲饭，我们妇女也要做事。原来是家庭妇女的也要组织起来做事。年轻一点的就有海员的老婆，年纪大的像我妈这样的人蛮多的。家庭妇女组织起来工资不高，6毛钱一天，做一天算一天，什么福利也没有的。

大哥68年工作，他在无线电厂工作，94年上调到公司进出口科从事外贸工作。

安：大哥性格是怎样的？因为信里面父母一直说大哥不爱说话。

饶：他很沉默寡言，但是我看他那时抄的诗都是普希金的诗，爱情诗。后来我找到一本笔记本，黑封面，那个时候他抄了整整一本，都是普希金的诗选。大哥喜欢看书，喜欢这些东西，反正不声不响。我看书的习惯也是跟大哥学的。我们看的都是一些外国名著，《茶花女》啊，《安娜·卡列尼娜》什么的。

那时候大城市里，北京跟上海情况是一模一样的，好多书都在流传。在"文化大革命"的时候，红卫兵"打砸抢"之后，这些书从很多图书馆，全部流到社会上来了。

你看好多人，包括陈丹青他们那个时候读的书，就是大家手里流传的，你看一天我看两天，定好的。

这些书最后流传到哪里去了，也不知道。我们有那么一个圈子。出身不好的人，也不知道哪里来这些书，传来传去，全部是外国小说。有的时候连封面都撕掉的，大家随便包装一下，掩人耳目。

那种书不能明面上看，就是偷偷看，后来带到下乡的地方。我就带过一本。美国作家马克·吐温的《哈克·贝里芬历险记》。

安：大哥他一个月工资有多少？

饶：他做了三年学徒，从 16 块一直到 18 块，工作后也是第一年工作 32 块，后来 36 块。但 36 块拿了好长时间。当时叫"36 块万岁"。所有人都 36 块。

我们很尊重他，因为他很吃亏。他一个人赚钱，永远是被妈妈挪用掉，妈妈永远钱不够。什么事他都要拿钱出来。每天早上就是一碗泡饭，然后弄点盐，后来得了肾病，妈妈一直为此内疚。68 年工作，这个样子一直到 80 年代我们都结婚，一个个搬出去。他没法结婚。我们一个邻居，一工作第一件事情就是把自己的破碗啪嗒往地下摔，从此就翻身了，一直在大哥面前显摆。大哥还是很穷，邻居已经彻底翻身了，全身中山装，整个人就改观了。大哥还是破破烂烂的一个人，肯定无可奈何，他那个时候不太想谈朋友可能也有这个原因。

五个孩子的出路

安：五个孩子都接受了完整的教育吗？

饶：我是小学完整读完了，大哥初中读完了，弟弟就小学没有完全读完。

安：69 年知识青年上山下乡，你和二哥就去江西了。

饶：是。我们 66 届本来应该 69 年毕业的，读三年，因为"文革"关系，我们在小学里多待了一年。70 年中学毕业以后就下乡了。

安：当时上山下乡是一个怎样的政策？

饶：我跟我二哥 69 届必须全部下乡，但是大哥已经分配工作了。他分配到上海无线电厂。大哥进了上海工矿以后，二哥跟我两个人同时毕业，我们就必须去农村。我们这一届确实也全部在农村，哪怕你是独生子女也要去农村，没有什么区别。

安：插队落户，当时不是说一个家庭里面可以留下一个人，有这样的政策吗？

饶：只有 67 届有这政策，到后面 68 届以后，全部下放了。我四弟毛头毕业，我妈去学校理论。（家里）一个工矿两个农村，接下来分配去工矿不合适，因为做工人当时是最好的一个标准了。但再下放到农村又不像话。就给他一个读书的指标，读书当时地位很低的。

读书毕业以后再分配，让他去上海市卫校。圣约翰大学，当时是上海卫校。他卫校毕业以后又要分配了，分配到上海崇明的农场做医生。

我们四个人是这么分配的，小红就很难分配了，对不对？只能分配工作了，就给她一个集体单位。

当初分配她是小菜场，我妈就不干了。两个去农村了，一个去读书了，现在再分配到小菜场就不合适。我妈就一直在跟学校争取，后来就把她的工作换了一下，分配到上海长江刻字厂，也是个集体单位，单位好一点了。

当时所谓分配，是说在学校到了毕业的时候，老师把你的家庭情况排摸一下，第一个怎么样，第二个怎么样，第三个怎么样，一直在做平衡，然后给你一个通知。

安：下乡的时候，有没有讲你什么时候能回来，还是说你永远就在那里？

饶：永远在那里，我们当时的口号就是"扎根农村"。在农村过了几年以后，有工农兵学员，一些家庭出身好的，背景比较好的，他们就会被公社举荐进大学。当时我们插队的公社里有四个同学回上海读大学。

安：你们当时的家庭成分是什么？

饶：后来我看过我的档案，就是说我们父亲是国民党，是个历史反革命。但是我们全家的子女一辈子填成分的时候，永远是填职员，这是我母亲跟我们讲的，你们就填职员。我曾经被老师叫过去一次，小学毕业的时候，老师讲你到底什么身份？我说职员。是职员吗？我说是这样。后来老师就没问下去，也没明说。

等到我们知青返乡的时候，我们档案可以随身带，你也可以打开自己看了。

我们个人的成分也有一个定义叫"可以教育好的子女"。是坏人，可以教育好，跟父亲的又不一样。

上山下乡，反正就死了心干。老表对我们也不错的，就觉得你们倒霉了，很可怜这两个孩子。

当年不管你什么成分，都要下乡，但是有一个区别，成分好的可以走，我们走不了，成分好的有机会调走或者去读书。

安：你当时是跟二哥一起去的？

饶：去江西他比我晚。他是上海金陵中学，我是在浦东上学的。为什么一家两个孩子进两个中学？也是国家分配的。去插队我更早，当时给我的志愿里面，军垦、国营农场跟我一点关系没有，我只能去插队落户。真的到农村，就是去生产队里，地方可以稍微选择一下，一个是去安徽，一个是江西宜春。我想我们老家是江西，还是回江西去插队。二哥的学校分配比我们晚了一个多月。我妈就到学校里讲，能否到了那里以后把我们调配在一起。学校里说他们管不了这个事，他们会跟当地说，当地接受上海知青后跟他们去协调，所以二哥到了那里以后，直接到我这里来报到了，我们也调在一起了。

安：到了宜春以后，你们两个人是分配在一个什么地方？

饶：分配在一个山区乡村，叫新坊公社，四十个上海知青分给了四个生产队，我们兄弟俩分在一个叫蛤塘塘的地方，那里只有梯田和山间小路，耕作、出行方式还是跟几百年前一样。我们知青不行的，但二哥很厉害。我们顶多是割稻子插秧，然后除草，叫耘田。二哥很厉害，他等于一等劳动力，他跟农村的劳动力一样可以拿 10 分，10 个工分是最高的，我是很弱的，我跟妇女一样拿 6 个工分。

安：在那边你们一共待了几年？

饶：我是在宜春待了 10 年，二哥后来待了 26 年，因为他在那里读书了。77 年，公社党委看我们兄弟两个很苦，没有机会出去，两兄弟表现不错，很老实的两个人，就跟我二哥讲，你出去的机会万分之一，几乎就等于零了，没机会的。现在正好有本地师范学校，去不去？我们把这个名额给你。为什么会给到二哥？还有一个原因，二哥当时也报名上海师范大学体育系，他是第一名。人家看成分又不行，没法去，正好有个本地师范学校，也算是跳出去了。公社很好，党委书记同意了，决定是在截止期那一天下来的，实在没人，不能浪费名额了，一定要给二哥。我记得那天是我在公社放电影，文教委员不在，武装部曾部长说这个名额今年无论如何要拿到，就翻窗翻到办公室里面，把章盖上。

安：从 78 年开始，知青就大批回来了？

饶：79 年是大批回来，但也不是说莫名其妙放你回来，你总要找个名目，他们可以眼开眼闭。比方说以病退的名义，我说我近视眼了，装看不见，高度近视，他们也都批，全部可以走，找个名目都可以走。

安：二哥是因为去了师范，所以就留下来了，你是 79 年就回来了。在那个期间你们都谈恋爱了吗？

饶：我谈了，是一个江西当地的知青，我前段时间也去看她了。

安：是书中的春芬吗？

饶：是春芬，就是春芬。

安：但是你们最后没有走到一起？

饶：对，没走到一起，我回上海了。我那个时候学画画，我老师跟我讲，学画画你天赋不错，你回到江西能干什么呢？好不容易走出来，又回去干什么？啥也没有，工作，啥也没有。

春芬当时是文艺宣传队长，文化站的站长。她在文化站，我在公社放电影，我们放电影的时候白天没事，我喜欢看书，就跑到文化站看书看报纸，一直在文化站，这样我们就认识了。

安：二哥是最早结婚的？

饶：他跟一个姑娘叫陈佩芝，他们两个谈恋爱结婚了，后来就在宜春安家。

安：相比上海的生活水平，农村还是艰苦吗？

饶：相比我们家来说，农村的生活是好的。为什么？我以前从来没吃过早餐的，从我记事起。以前小时候老妈还卖掉一点家里的首饰什么的，后来老爸走了，遥遥无期，家里更困难了。我妈就把那些粮票，比如说蛋肉票，拿去黑市卖掉，换钱，钱不够。五个孩子都要读书的，我妈只有十几块，一个月七口人生活。我们没钱，所以学校给我们学费全免，这事我记得。但书杂费要自己付的。

安：79年你和父亲都回来了？

饶：对，就二哥没回来，家里只有二哥在外面了

大哥还没结婚。这些人全都住在永安路，然后慢慢子女成婚了，一个个搬出去。

安：回来以后是在哪里工作？

饶：我回来以后就考试，我记得很清楚，在四川南路小学，我们所有的知青都去。

比如说吴良材眼镜厂要一个模具工，公共汽车招售票员，各种各样的单位都坐在那里，摆了几个课桌椅就是面试。但是我成分不好，这些跟我没关系，我去了几次都不成功。后来我看到上海黄浦区劳动服务公司，新成立了一个单位，新苑画院，我画画还可以，就去考了，一考就进去了。

那个时候进去考的是国画，我没什么基础，进去的几个同学很厉害的，他们都有老师的，我等于从头学了。

安：毛头和小红是什么情况？

饶：那时候要分配毛头去崇明，我们不答应，学校老师就来做工作，跟老妈谈，老妈说就是不能去。他们又找大哥谈，说毛头不去工作你负责，大哥说我来负责。

这个情况跟老爸一样。老爸回来的时候，派出所的人也很厉害。他回来没工作，派出所说以后不管他，这个事情你要负责的，你给我签字。我大哥说，我管，我签字。大哥真的很厉害。

毛头大概在家里三年，人家工作了他还在家里，后来学校再把他分配到市里精神病院。

我跟二哥去插队后，家里对外沟通交流这方面都是他在帮着妈妈，而且他跟外婆最亲，唯有他从小穿着外婆做的棉袍。他没结婚前，外婆的所有事情都是他照料。外婆去世的那天早晨，我跟他睡一张床上，外婆平时都糊涂着，忽然说了一句：不早了，你们要去上班了。毛头跳起来说：外婆不好了。

外婆应该读过私塾，小时候会用临川话教我们儿歌：……先生教我书，先生教我……先生坐以上，学生坐以下……外婆的女红非常好，我们的鞋子是她做的，衣服是她补的。补丁多了不好看，她去买靛青染料，用大锅煮染衣服。家里的饭菜也都是她做的。18号二楼有四个老太太，外婆是最慈祥的，我总觉得舒舒很像外婆。

小红是最小的一个，而且是女孩子，妈妈最宠她了，大家没有早饭吃的时候，会偷偷领着她买大饼给她吃。我们没有玩具，只有她有一个眼睛会动的洋娃娃。

小红她一直在刻字厂，相对比较稳定，她的先生也是刻字厂的。

安：爸爸回来了以后，是去了出版社？

饶：出版社实际上等于没去，算提前退休了，退休以后再给你活干。这个活相当于校对，一个字算多少钱。当时妈一直说我爸做事太认真，他是一个个字校对过去的。

他回来，妈妈就不用再去做工了。她退休工资低，后面慢慢也有劳保。她在生产组退休，生产组在八九十年代的时候慢慢就消失了。

安：你算是跟爸爸一起回来的，你先回来还是他先回来？

饶：我是在3月份，大概在3月份回来的，爸爸是几月份回来的我都不记得了。大概在我后面一点。

安：这中间你有没有感觉到他在你的青春期中错失了？

饶：对，我们这些人的青春期，老爸是错失的。等我回来就 27 岁了。我爸有的时候也蛮风趣的，会玩好多玩意儿。他会画画，他讲除四害的一个漫画也登了报，有一点稿费，他好像一直在玩这些东西。

但我们男人之间，不像我跟妈妈关系好。我 17 岁去插队落户了，明天要走了，妈妈叫我睡到她边上去，在半夜里就抱着我哭。爸爸不一样的。爸爸最喜欢小红了。

安：后来你们第三代是哪一年出生？

饶：二哥的孩子最大，应该是 80 年出生，但是他们家一直住在江西。这孩子小时候在在上海长大，因为二哥夫妻两个人没法带孩子，放在上海。白天我妈带，晚上孩子外婆带，我就负责早上上班之前把他接回来，晚上再送过去。

这孩子一直在上海念小学，念到差不多小学毕业，后来因为高考全国卷和上海不同，就回到了江西。我二哥本身是江西宜春一中的，一中在当地也算比较好的一个学校，他在那里受的教育会好一点。

79 年大家团聚了以后，老妈老爸两个就操心二哥的事了。他们老人家永远是公平的。其他子女都在上海工作了、成家了，最苦的就是二哥了。他们两个还在江西，工资也低。老爸老妈就每年去二哥家里住，过年大概住一个月左右，我们其他几个孩子们都要给钱带过去，就是帮他一下的意思。96 年二哥才以人才引进的方式回到上海。

安：兄妹五个人，都是什么性格？

饶：大哥很有内涵，他也不怎么爱说话。二哥是很讲义气地，运动很好，很舍得。他就像梁山好汉一样，他什么都舍得，我们一帮人永远是围着他转的，认他做大哥的。我这个人就是文艺爱好者。在乡下我妈写信都是给二哥的，跟我没关系，我反正在那里很逍遥。四弟也蛮诙谐的，他也有他的一帮小朋友，而我永远把他当弟弟看了，他跟妹妹最好。

安：大家住在一起了以后，有没有因为长久分开，生活习惯不同，有各种不愉快？

饶：我们永远没有不愉快，到现在也是我们几兄弟经常在一起喝咖啡的。对，每次就聊天，过去的事情讲不完，翻来覆去讲也不嫌烦，当时的那些困难都不讲了，都讲小时候一些好玩的事情。

城隍庙周边各种里弄小巷很多的，大哥没事，我们没地方玩，每天跟着大哥走路。大哥拿什么勾引我们？仁丹，给我们一粒，大家围着他，跟在他屁股后面。

二哥贪玩，小时候顽皮得不得了，在黄浦江游泳，回来怕挨骂，晚上就不回来了，躲在大饼摊上睡。以前外滩马路中间停汽车，他就躲在外滩卡车上面。他逃出去，我要去送饭给他吃，偷偷的。

安：大家觉得生活变好了，是从什么时候开始的？

饶：80年代初也没特别变好，我外婆还是很瘦，外婆可能是82年去世的，我妈身体一直不好，实际上外婆都是爸爸伺候，瘫在床上，吃喝拉撒全部是我爸爸在弄。老爸确实很辛苦，他以前从来不做家务的。还要做家务，还要服侍外婆，刚回来的那一两年很苦，什么都做。

大家的生活改善要到80年代中期以后，我女儿（舒舒）出生以后，他每个礼拜会带舒舒到城隍庙吃小笼包。舒舒四五岁了，老爸也要练外语，天天就坐个公交车，中午面包、

图书在版编目(CIP)数据

美棠来信:我们一家人/毛美棠等著;饶平如编. ——
桂林:广西师范大学出版社,2024.6
ISBN 978 – 7 – 5598 – 6457 – 4

Ⅰ. ①美… Ⅱ. ①毛… ②饶… Ⅲ. ①纪实文学－
中国－当代 Ⅳ. ①I25

中国国家版本馆 CIP 数据核字(2023)第 196126 号

美棠来信:我们一家人
MEITANG LAIXIN: WOMEN YIJIAREN

出 品 人:刘广汉　　　　　策划编辑:尹晓冬
责任编辑:刘　玮　　　　　助理编辑:陶阿晴
封面装帧:朱赢椿　小　羊　　营销编辑:康天娥　金梦茜
广西师范大学出版社出版发行

（广西桂林市五里店路9号　　　　邮政编码:541004）
（网址:http://www.bbtpress.com　　　　　　　　　　　）
出版人:黄轩庄
全国新华书店经销
销售热线:021 – 65200318　021 – 31260822 – 898
上海丽佳制版印刷有限公司印刷
(上海市桂平路471号10号楼3层　邮政编码:200233)
开本:787 mm×1 168 mm　1/32
印张:9.25　　　　　　　　字数:120 千
2024 年 6 月第 1 版　　　2024 年 6 月第 1 次印刷
定价:79.00 元